红色奇案录

以信仰之名，点亮黎明

紫芒果　著

陕西师范大学出版总社

图书代号　WX23N1866

图书在版编目（CIP）数据

红色奇案录：以信仰之名，点亮黎明 / 紫芒果著.—西安：
陕西师范大学出版总社有限公司，2024.1
　　ISBN 978-7-5695-3761-1

　　Ⅰ.①红…　Ⅱ.①紫…　Ⅲ.①革命故事—作品集—中
国—当代　Ⅳ.①I247.81

中国国家版本馆CIP数据核字（2023）第149323号

HONGSE QI'AN LU:YI XINYANG ZHI MING,DIANLIANG LIMING

红色奇案录：以信仰之名，点亮黎明

紫芒果　著

出 版 人	刘东风
出版统筹	郭永新
责任编辑	马凤霞
责任校对	熊梓宇
封面设计	观止堂_未氓
出版发行	陕西师范大学出版总社
	（西安市长安南路199号　邮编 710062）
网　　址	http://www.snupg.com
印　　刷	西安市建明工贸有限责任公司
开　　本	889 mm×1194 mm　1/32
印　　张	6.875
插　　页	1
字　　数	130千
版　　次	2024年1月第1版
印　　次	2024年1月第1次印刷
书　　号	ISBN 978-7-5695-3761-1
定　　价	49.00元

读者购书、书店添货或发现印装质量问题，请与本公司营销部联系、调换。
电话：（029）85307864　85303629传真：（029）85303879

目　录

上海悬案

消失的黄金

壹

　　了解这些湮灭于历史长河中的动人心魄的故事，

　　才会知道现在的平凡生活多么来之不易。

这个案件发生的时间，是中共党史上1931年9月中旬成立的第二个临时中央开展工作后不久的1931年初冬。

临时中央在处于白色恐怖中的上海从事活动，大上海的十里洋场，无论再怎么节省，所需经费也是一个相当大的数目。

如果没有经费，临时中央不但无法正常开展工作，连中央机关自身的安全都无法保障。

处于地下活动中的临时中央既无法筹款，也不能开展募捐，就只能通过两条渠道解决这个难题：

1.由苏区建立的红色苏维埃政权拨款。

2.向共产国际申请援助。

但由于当时的国民政府对共产国际采取敌视态度，因而莫斯科方面不能通过银行、邮局汇款，而只能安排秘密交通员从境外辗转送入中国。其中曲折颇多，风险极大，所需时间少则两三个月，多则半年。

因此，权衡之下，当时在上海主持临时中央工作的领导起草密电，与瑞金的中华苏维埃共和国临时中央政府取得联系，让给予拨款。

当时苏区的经济情况不容乐观。但苏区政府还是全力支持临时中央，决定拨给临时中央黄金一百二十两（按十六两一市斤之旧制），按购买力折算相当于当下的五百万人民币。

主持苏区财政工作的林伯渠指示苏区银行"按额调拨"。

一

苏区黄金的主要来源是打土豪没收来的各式各样黄金首饰。

为便于运输，苏区请一个瑞金金匠把这些首饰熔化后，铸造成十两一根的金条，装入一口按照金条尺寸专门制作的白铜小盒，盒口用锡焊封。

经费解决后，接下来如何运送到上海，就成为重中之重。

这笔特别经费预定的运送路线是这样的：瑞金—南平—福州—温州—金华—杭州—松江—上海。

路线有些绕，但安全系数高。

考虑到这笔数额巨大的经费从江西送往上海，得经由多个地下交通员之手，必须有交接验核的过程，苏区专门设计出一套非常严谨巧妙的对接方法。

苏区给执行任务的地下交通员发三样对接用具：一把钥匙、一把锁和一块验收凭证。

其中最为关键的验收凭证是一枚棋子。棋子银圆大小，上面刻一个"快"字；以硬木制成，用特制的药水反复煮过；上面的"快"字由林伯渠亲笔书写，请专人刻上。

棋子按照"快"字笔画被破成七块，每个执行任务的交通员手持一块。

七个笔画代表着七位地下交通员。

对接方法：

第一步：交通员上下线交接，凭暗语相认。

第二步：下线交通员用钥匙打开上线交通员的锁确认任务，上线交通员移交装有黄金的箱子，交割完成。

第三步：下线交通员出示手中的一块棋子，上线交通员把他手里的锁交给下线。

第四步：上线交通员交回所持棋子向组织证明他已经完成使命。

最终只要七块棋子全部收回，就表示任务顺利完成。

根据保密规定，这枚棋子会分配给哪些人，没有一个人知道，包括统筹任务的林伯渠。

二

一号交通员是1931年11月6日从瑞金启程的，到七号交通员最终交付，满打满算，用一个月时间是可以将黄金送达上海的。

可是，等米下锅的临时中央从11月底开始发电向苏区询问，一直到12月22日，一共发了五封催询电报，任务执行的时间已经大大超过既定的一个月，苏区这边意识到不对劲。

到1932年元旦下午，苏区政治保卫局局长邓发拿着已收到的"快"字前六个笔画棋子，来请林伯渠鉴定是否为原件。

经林伯渠确认，已经送来的那六个笔画确是原件，刻章匠也确认是由其亲手制作的东西。

但可惜，"快"字棋子的最后一块——笔画捺，始终没有送到苏区。

于是，苏区政治保卫局断定：特别经费在运送过程中，前几站均无问题，事情出在松江至上海的最后一站。

苏区政治保卫局立即启动侦查行动。

可是，以当时的条件，想去远离江西苏区、紧靠上海的江苏省松江县进行侦查，基本上不可能。

不说其他，光是潜入白区的安全风险就高得难以预料。

还有一个办法，那就是请机关设于上海市区的中共中央特科的情报人员协助侦查。

苏区这边也确实这样做了。

上海的特科情报人员将目光锁定在承担最后一站运送特别经费使命的七号地下交通员身上。

可是，已经完全找不到这个人了。

三

因为特别经费未能及时送到上海，导致了一系列严重后果：

1.因没有资金及时营救，九名被捕的同志遭到杀害。

2.一次预先布置好的为配合"一·二八"淞沪抗战而举行的日资产业大罢工流产。

3.三名伤病的地下情报工作者因无医疗费用及时救治而死亡。

4.四名牺牲烈士的家属因未能获得组织及时的经济救助而流落街头，最后失踪。

5.其他一系列重要事宜因为没有资金而未能解决。

这一笔资金损失，带来的后果相当严重，从整个党史发展历程来看，造成的影响更是难以估量。

时代的潮流滚滚向前，反"围剿"、长征、抗战、解放战争风起云涌，这起发生在1931年冬的大案，不得不暂时搁置。

但它却从未远离几位当事人的心头，其中就包括时任苏区领导的毛主席。

1949年新中国成立后，中央要求对发生于新中国成立前，我党我军各个历史阶段的若干起尚未侦破的悬案进行侦查。

这件悬案作为五起重大悬案之一，由上海警方进行侦办。

为此，上海市公安局专门抽调一批精干侦查员组建了一个名唤"悬案侦查办公室"（简称"悬办"）的临时办案机构。

"悬办"下设六个侦查组，"特费失踪案"由第三组负责侦查。

第三侦查组接受任务后，随即从"悬办"杨家俊主任那里调取了华东公安部转来的卷宗。

侦查员一拿到卷宗，马上就掂出这个案子的侦查难度：

如此大案，相关的卷宗袋竟然轻飘飘没一点儿分量。

打开一看，果不其然，就是一份两页纸的材料，是关于该案案情的简单介绍。材料虽然简单，但下面盖着的是中央各个主管部门的印章，显示着这个案件的重要程度。

四

第三侦查组侦查员传阅卷宗后，马上研究怎样着手侦查这一起发生在十八年前的悬案。

经过几轮分析，最后决定去北京，向案件的第一当事人林伯渠首长当面了解情况。

林老日理万机，但对这件案子同样很关注，当即约下时间，接见侦查员，把自己知道的相关情况，都尽可能详细地告知。

只是案件的一个关键点——七个交通员是怎样具体安排的，只有当时苏区政治保卫局局长邓发知道，遗憾的是，邓发同志已于1946年牺牲。

1946年，邓发远赴法国，参加完巴黎世界工人联合会成立大会后回国，带着一幅西班牙著名画家毕加索赠送给毛主席的油画，在从重庆乘飞机返回延安途中，因飞机失事，在山西兴县黑茶山不幸遇难。那幅毕加索的名画，也灰飞烟灭。

案件的线索第一次断掉。

五

但林老给出了另一个重要信息：瑞金派出的第一个地下交通员好像姓秦，曾给高自立同志当过警卫员。

高自立这时在东北担任中共中央冀察热辽分局委员兼财经委员会书记。

侦查员随即从北京前往沈阳。

非常幸运，他们去得很及时，虽然高书记当时因长期操劳已经患病，因病情原因，侦查员未能见到高书记，但高书记看了他们递交的条子后，给了侦查员迫切需要的回复：警卫员小秦，江西萍乡人，现在在解放军第十三兵团任职。后来听说，侦查员离开沈阳后不久，高书记就去世了。

第十三兵团当时在广西，于是，侦查员调头南下奔赴南宁。

当时的秦同志，已经是某部师长，对当年执行的这个重要任务记忆清晰。

从南宁秦师长开始，侦查员的侦查过程还比较顺利，从一号交通员一直查到六号交通员。

六号地下交通员是刘志纯。

对十八年前的那一次任务，刘志纯的记忆非常深刻，因为那是他最后一次为组织效力。那次任务后，组织再没有联络过他。如今的刘志纯，只是一个众人眼中普普通通的篾匠。

在那个特殊年代，还有非常多如六号交通员刘志纯一般的人，为了国家，在改写历史的时刻起到至关重要的作用，随后潜伏深藏，不被任何人知晓，终此一生。

六

刘志纯回忆：1931年12月1日晚上7点多，从金华来的上线五号交通员手中接收到任务箱子后，他按照组织指示，于12月3日上午7点抵达了松江。

在车站旁边的一个小摊上吃过早点，就去了下一个接头点"汉源栈房"。

12月4日下午，刘志纯在客栈门前看到一个三十五六岁、穿戴黑色衣帽的人向客栈账房打听是否有一个杭州来的竹行先生住店。

刘志纯明白来人是接头的下线，当下就找机会与他搭上了话。

对过暗语相认，确定其身份后，刘志纯就邀其去房间。

来人用钥匙打开刘志纯的锁，确定任务，按照组织流程，接走黄金。

刘志纯把锁交给来人，来人出示了手里验证身份的那块棋子。

至此，交接完成。

七号地下交通员按照组织规定，没有和刘志纯多说什么，拎着装着特别经费的箱子一声不吭地离开了。

刘志纯回到杭州后的第五天，有一个地下交通员来找他，取走了他手里的第六块棋子。

至此，刘志纯的任务完成。

只是连刘志纯自己也没想到，他的地下工作生涯就此结束。一直到杭州解放，整整十八年，组织上再也没人跟他联系过。

按照当时组织上的规定，脱离组织这么长时间，他已经不是党员，早已还原成一个普通的老百姓。

不过，杭州解放后他还是去找了军管会、市委反映当年的情况，正因为他的反映，侦查员才得以打听到他这条重要线索。

至此，终于侦查到这个案子最重要的一环：七号地下交通员，松江的那个穿戴黑色衣帽的男子。

七号地下交通员拿到装有经费的箱子后，为什么没有前往最后一站上海完成任务？

为什么这个人之后完全失踪？

这些案件的疑点，都必须找到七号地下交通员才能知道。

可悬案已经过去十八年，要在茫茫人海中找到一个人，无异于大海捞针。

案件线索第二次断掉。

七

就在侦查员一筹莫展的时候，刘志纯凭借地下交通员敏锐的侦查意识，给出一个非常重要的信息：在七号地下交通员从兜里取第六块棋子的时候，他看到对方包里还装着一张写着蓝色字的纸，那是一张当时客栈通用的押金票据。

那个年代，人们出行并不像现在这样频繁，松江这样的小地方，为客人提供住宿的客栈并不多。

侦查组当即展开工作，对于这样重量级的案子，当地相关部门提供了一切能够提供的帮助。

1.回查当年在松江经营过客栈的老板、账房先生、小二，却没有查到一个符合特征的旅客。

2.与此同时，当地相关部门还发动全城群众，回想那一时期，家里有没有人曾经外出带回箱子之类的东西，以及有没有外地亲戚来过家里。

那时开展此类工作远比今天容易得多：由于历史原因形成的生活模式，街坊邻里间的关系几近透明，谁家来过什么客人、请过几次客，不但户主一家记得清清楚楚，就是邻居也回忆得起来。

最关键的一点是，派出所通过全镇各居民委员会可以比较容易地向全镇各家居民询查，得到的结果是比较准确的。

但两方面都进行了深入彻底的侦查，排查了数万人，还是没有找到这个七号交通员，甚至连疑似的人都没有。

案件就此陷入僵局，线索第三次断掉。

八

这时临近春节，失望的侦查员们准备回上海汇报侦查结果。侦查组内有一个侦查员是山东人，他有一个老乡是松江军分区司令部参谋，已经四五年没见过面，就请假去看老乡。

万万没想到，这次看老乡之行，得到一个极为关键的线索。

参谋接到老乡的拜访电话后，非常高兴，设宴邀请侦查组的人都过去。

吃饭时，大家对菜肴赞不绝口，豪爽的参谋老乡，就把厨师叫出来介绍给侦查员们认识。这个厨师是松江本地人，厨艺精湛，被邀请入席。

席间闲谈时，参谋老乡问起侦查员们此次来松江出差的事由，侦查员就把这件案子允许对外公布的一些情况告知他，并把最近侦查遇到的难点说出来。

听说侦查组通过排查旅客找人，没有取得什么结果，一旁的厨师忽然开口。

因为厨艺精湛，新中国成立前，本地保安团经常让他去掌勺做菜，他知道一些关于保安团的事。

厨师提供了一个对接下来的侦查非常关键的信息：因为保安团时不时要举行军事会议，为了方便外来的军官住宿，保安团司令部内部开设了一个有五十个床位的招待所。

这种内部招待所，也对外营业，接收一些社会旅客。

不过对入住旅客有特殊要求：必须有保安团连长以上熟人介绍，并要取得一名营级军官的签名做担保，且要收取费用。

由于条件严格，入住的人不多，甚至松江本地人知道这种住宿方式的也不多。

侦查组顿时发现转机，立即调取保安团的档案。那时新中国刚成立，军方的这些资料都比较完备，损毁非常少。

他们很快发现，当年12月1日至5日，符合侦察目标的嫌疑人只有一个：来自上海"祥德源"药铺的药工师傅梁壁纯。

其担保人是保安团营长。

梁壁纯于12月1日中午入住，至12月4日清晨离开。从各方面的侦查结果看，这个药工师傅很可能就是那个消失的七号地下交通员。

九

　　侦查员当即回上海进行摸查，找到当年"祥德源"药铺的老板了解情况，得到梁壁纯的信息：

　　梁壁纯，江苏省嘉定人，为人谦恭，内向敛言，正直仗义，药工技艺很好，是"祥德源"药铺上下都很喜欢的一个人。

　　老板把他视为心腹，店里家里的重要事情，都会请教这位梁师傅。

　　梁师傅是十八年前12月份突然离开药铺的。

　　对于梁师傅的离开，老板记忆深刻：

　　那次梁壁纯到松江去进货，去了大约三四天返回药铺。

　　梁壁纯是上午9点左右回来的，和以往每次去外地出差一样，回店后的第一件事是给每人送一样小礼品。

　　然后，梁壁纯喝了一杯茶，平静地向老板请假，说他出差太累要回家休息。老板同意后，他离店而去。

　　当天下午，老板关心梁师傅的身体，派学徒去看望，发现梁师傅的住处门已经锁上，向邻居打听，都说梁壁纯已经好几天没开过门了。

　　老板立刻向法租界巡捕房报告，巡捕请了锁匠把房门打开，里面整洁如常，却一眼就可看出确实已经数日没住过人。

巡捕房把老板带去询问，发现梁壁纯并无卷款潜逃之嫌，也无其他案件牵扯，就没有立案，甚至连笔录也没做。

这件事渐渐地就无声无息地过去了。

这家药铺的人，从此再也没有见过梁壁纯。

侦查员从药铺老板处得到梁壁纯的照片，让六号地下交通员辨认，确认其就是当年和他交接的七号地下交通员。

案件取得重大进展。

侦查组对目前查获的案情线索进行复盘：

梁壁纯是平静地结束松江之行返回药店，然后不露声色地消失的。

从事后药店老板以及法租界巡捕房去其住处查看和向其邻居了解到的情况来看，他其实自12月4日上午离开住处后就没再返回过。

因此，可以得出这样的结论：梁壁纯对于自己的"失踪"是有准备的，也就是说，正是他自己制造了"失踪"。

梁壁纯的失踪，显然与他作为地下交通员要完成的这件黄金经费转运任务有关。

不排除有这样的嫌疑：梁壁纯在完成交接后，有意或者无意间发现他所运送的"货"竟然是一百二十两黄金，对于这样一笔巨大的财富，他起了贪婪之心，于是决定私吞黄金，制造失踪，远走高飞。

目前的重要线索：

1.梁壁纯是江苏嘉定人。

2.他在进入"祥德源"药铺做事前已经懂药工技术。

根据这两条线索，侦查组前往嘉定县城调查，在当地部门的全力配合下，找到当地所有中药铺的老板、账房、老药工师傅进行了解，查到梁壁纯的相关资料：

梁壁纯是一名老药工的徒弟，家住嘉定南门外，婚后育有三个子女。其妻小名贞姑，黄渡镇人，原无业，后来有一天梁壁纯忽然失踪，贞姑带着三个子女靠以前的积蓄难以谋生，就把嘉定这边的房子卖掉，带着子女回黄渡镇娘家做小生意。

侦查组随即前往黄渡镇，在当地查到梁壁纯妻子贞姑的资料：

贞姑以前确实住在长街上，后来全家搬走。

当年她住家的邻居，回忆贞姑全家离开的时间：大概在民国三十一年（1942）前后。

邻居还反映：贞姑一家是在秋天的一个夜里悄悄走的，她家后门就是河浜，他们是被一条小船载走的，家里东西都没带，只带走各人的衣服，走得非常匆忙。

从梁壁纯失踪，到几年后他全家人失踪，行事风格非常缜密，侦查员得出这样一个结论：很可能这一切都是梁壁纯的安排。

侦查员几经走访，始终找不到那家人乘船离开后的信息，就连和贞姑亲近的人也不知道她一家人的行踪。

似乎这一家人，在那个秋天的夜晚，乘坐一条小船离开，就此人间蒸发。

线索第四次断掉。

十

侦查组一筹莫展，在当地挖地三尺寻找线索，好不容易得到一个消息：贞姑母亲过世的时候，她曾经回来过一次。

于是，侦查组对参加那场葬礼的人进行问询，终于获得一条线索：贞姑曾经在葬礼上和人提及她的生活——在上海开钟表铺。

侦查组随即回上海，对各个钟表铺进行调查，在洋泾镇上查到：五十六岁的钟表匠申继谷，就是当年执行这项特别经费任务的七号地下交通员梁壁纯。

失踪十八年的七号地下交通员被找到，整个案件取得突破性进展。侦查组当即进行周密的抓捕布置，毕竟这样一个存在重大潜逃嫌疑的人，在被抓捕时，很可能会做出剧烈的反抗。

意料之外的是，梁壁纯在面对抓捕时，非常平静，甚至可以说，他似乎就是在等待这一天。

在审讯开始前，梁壁纯让侦查员先到一个地方取出一样
东西。

十一

于是侦查员按照梁壁纯的提示，从他住处的灶膛下挖出
了一份密藏于陶瓷药罐里的文件：上海曹家渡一家旅社为梁
壁纯出具的证明。

接着，梁壁纯说出当年在他身上发生的事：

十八年前，梁壁纯接到任务，前往松江"汉源栈房"接
收一个箱子，上级向他交代使命时严肃地叮嘱：人在物在！
物丢，掉脑袋！

于是他一路小心谨慎，在完成交接手续之后，立即启程
返回上海。

那时，敌人对来自浙赣闽"赤区"方向的列车都盯得
很紧。

组织上考虑到安全问题，交代梁壁纯走水路。

吴淞江在当时乃是强盗出没之地，当地不少住户白天是
良民，晚上做江匪。

因此梁壁纯一路格外谨慎，搭乘强盗不会下手的轮船。

幸好一路顺畅，于第二天凌晨到达上海曹家渡码头。

眼见已经身处上海，接下来只要到指定地点交接箱子后，任务就完成了，一路精神紧绷的梁壁纯这才松下一口气。

他搭乘黄包车，准备返回法租界住处。

黄包车在经过苏州河上的曹家渡桥时，年轻的车夫拉车吃力，旁边的两个推车小瘪三就上前帮忙推车。

当时的黄包车上坡上桥费劲，就有一些讨生活的小瘪三，专门守在坡下桥边，帮人推车赚钱。

因此梁壁纯并没有起什么疑心，疲惫之下也有些倦怠，没想到桥上了一半，推车的小瘪三突然用浸透药的毛巾捂住梁壁纯口鼻，致使他昏迷。

等到第二天晚上，梁壁纯被人唤醒，发现自己已经躺在曹家渡一家旅社的床上。

惊醒的梁壁纯想起自己的秘密使命，急忙查看：行李都还在，唯独少了那个事关特别任务的箱子。

头疼欲裂，再一闻自己浑身酒味，稍一回想，明白自己是着了道。

那时候，上海有一些小瘪三，专门用药浸透毛巾，把人迷晕，然后偷走贵重物品。这些小瘪三不伤人命，得手之后就把受害人浑身洒满酒，送往不知情的旅社，谎称是朋友喝醉住店，然后离开。

这种情况让人根本无从查起。

箱子里装的什么，上级没有告知，但梁壁纯带了一路，察觉箱子的重量，已经猜出里面是黄金。

这么多的黄金丢失，在那个年代，再怎么解释也是无用，只有死路一条。

梁壁纯迅速整理思路，当即和店小二说，他丢了一箱黄金，让把经理找来。

经理知道事情大概后，明白是杀身灭门的大祸，当即吓得魂飞魄散，但对于送梁壁纯来住店的小瘪三确实毫不知情。

面对这种情况，梁壁纯想出一个求一线生机的办法。

他当即让经理找来见证这件事的所有人，一起出具一张说明自己是如何在昏迷中被人送到旅社的等前后事由的证明，并在每一页纸上署了名以作证明。

梁壁纯收起证明后，叮嘱说日后不管何人来此询问今日之事，都避而不谈。

但如果来人以上海话发音"捻七"（当天系阴历十月廿七）为暗号，方可讲出实情。梁壁纯郑重交代后离开。

知道组织锄奸和惩罚力度厉害的梁壁纯，为不让自己在真相大白前被杀，回到药铺后，镇定地安排完一切，就此消失。

十八年来，他一直隐忍着，等待组织的人通过追查的方式找到他，因为通过追查的方式找到他，才会给他解释的机会。

听完梁壁纯的交代，侦查员们都非常惊讶，这个七号地下交通员心思之缜密，处事之周全，为人之隐忍，简直超乎想象。

侦查员找到当年曹家渡的那家旅社的经理进行核查。

果然如梁壁纯所言，一开始经理始终表示毫不知情，直到侦查员说出暗号"捻七"，那个经理这才松口，交代的情况和梁壁纯说的完全一致。

经理在交代的过程中，还提到一个重要的点：他模糊记得送梁壁纯住店的那辆黄包车的车牌。

至此，侦查员们研究认为"特费"被劫基本上是可信的。

七号地下交通员已找到，但悬案并没有破，丢失的黄金仍未找回。

侦查组只能又一次复盘整个案件，整个悬案都落到十八年前小瘪三在苏州河上的曹家渡桥的一次抢劫。

地域确定为曹家渡桥附近，时间确定为十八年前12月5日凌晨。

黄包车车牌的调查更是没有头绪，因为当时上海的黄包车车牌管理非常混乱，假车牌横行。

侦察组找到当时负责这一区域的老巡警，通过作案方式的比对和一些帮派分子的确认，得出结论：这肯定不是一起帮派或者敌人的针对性行为，而是小瘪三的随机作案。

这种随机作案，当时在秩序混乱的上海，比比皆是，大部分都是无头案，查无可查。

按道理说，这种巨额抢劫案，当时肯定会作为大案要案侦办，但被劫的是地下情报组织秘密经费，当时根本就没有考虑过报案。

十八年，时过境迁。

即便是当时存在一些蛛丝马迹，现在也没有任何痕迹了。

最后，那些被带来协助调查的老巡警们给出了一个"死马当活马医"的意见：去提篮桥监狱，通过那些新中国成立前就被关进去的在押犯寻找线索。

侦查员们前往提篮桥监狱调查，审讯一些犯人后，得到一些线索，但都没有什么作用，不过在提审的过程中，犯人们倒是知道了这一起重大悬案。

线索第五次断掉。

十二

案件到了这一步，真的是查无可查，即便是时光重回十八年前，也有很大可能破不了。

侦查员焦头烂额，毫无办法。

这时，从提篮桥监狱传来的一条线索，终于让悬案真相大白。

提篮桥监狱提审的犯人中，有一个叫曾丰的昔日巡警，他因受一位旧同僚案件牵连被抓进提篮桥监狱。

关押曾丰的监房一共关了二十来个犯人，经常闲磕牙瞎聊天消磨时间。

曾丰被提审后，对这个悬案大感兴趣。在和同监的人闲聊时，就把这个悬案讲了出来。

涉及那么一笔巨大财富的悬案，让同监的犯人都相当激动，只是案件最终没有侦破，让犯人们猜测不已。

第二天，有个同监的犯人冯安宝悄悄把曾丰扯到监房一角，向他咨询有关检举揭发的政策问题。

曾丰是老巡警，一听就明白有戏。

一问之下，这个冯安宝要检举揭发的，正是自己昨日所讲的黄金大劫案，于是立即就让他说出来听听。

冯安宝是旧上海一个家境殷实的商人儿子，他有个表兄，名叫吉家贵，年长他十岁，十八年前刚过二十五岁。

吉家贵的家境远不如表弟，就经常到冯家蹭饭吃。

冯安宝的家里置办过一辆崭新的自用日本黄包车，但仅仅用了一年，因为又买了一辆七成新的小轿车，那辆黄包车就被搁置不用了。

吉家贵有两个结拜兄弟阿古和小克。

三人经常到冯安宝家，把黄包车当玩具耍，后来，表哥吉家贵直接把黄包车拉回了他家。

1931年12月上旬的某一天，吉家贵忽然把黄包车擦拭一新送回来了。

从那以后，本来家境不好、天天烂混的吉家贵完全转性，后来听说做起生意，在公共租界开了一家南货店，经营得很好，再后来还开了一家分号。

老巡警听后，立即明白其中的关键，并让冯安宝直接向看守所所长报告。

十三

接到冯安宝的检举后，侦查组立即出动，夜审冯安宝。

从冯安宝处得到信息，他家那辆黄包车的车牌，和曹家渡那家旅社经理模糊记得的车牌几乎一致，只差一个数字。

侦查员当即出动，连夜拘留吉家贵，同时对其住所和店铺予以搜查，搜出当年装特别经费的白铜盒一个。

吉家贵被捕后交代，当年的确是随机作案，意外得手巨大财富后，三人也非常震惊。

得此巨款，吉家贵、阿古、小克三个小瘪三随即断绝来往。

抗战胜利后，吉家贵曾在外滩偶遇阿古，才知道小克在

1937年青帮铲除汉奸的行动中去世，阿古在北京路经营一家五金店。

1950年5月12日早上7点，侦查组拘捕另一名案犯阿古，对其所开的五金店及住宅进行了搜查，未获赃物，但有黄金首饰十四件，疑系用其所劫黄金打造，遂予没收。

对另一名案犯小克家搜查时，其父母主动交出儿子诀别时交给他们保存的黄金二十两。

经当年打造金条的瑞金老金匠辨认，确系出自其手。

至此，这起发生于1931年的震动中央、影响极大的黄金巨案终于告破。

1950年11月18日，吉家贵、阿古以抢劫罪被判处死刑，立即执行。

七号交通员梁壁纯被判有期徒刑十年，当时还没有"玩忽职守""重大责任事故"等相应的罪名，他是以"历史反革命罪"被判刑的。判决后，酌其忠情，予以释放。

回家后，梁壁纯于1959年病殁。

老巡警曾丰的行为被视为"重大立功"，且经侦查认定其原罪确是被旧同僚牵连，于当年7月间释放，由区政府将其安排到物资公司当一名看门人。

这起跨度十八年、让多位首长都格外关注的悬案，至此真相大白，得以结案。

在那个黎明前的黑暗年代，有多少英雄志士为光明新中国的到来付出了青春和生命。

这个顽强的民族战胜了多少苦难，才得到今时今日的幸福生活。文中隐藏身份一潜伏就是十几年的默默无闻的地下交通员，在当时的祖国大地上，有千千万万个。

了解这些湮灭于历史长河中的动人心魄的故事，才会知道现在的平凡生活多么来之不易。

参考资料：

东方明：《特别经费失踪之谜》，载《啄木鸟》2012年第10期。

延安奇案

抓捕特务王

贰

所有那些在黑暗里流淌过的鲜血，
虽然看不到红，但一样滚烫炙热。

间谍执行任务，需遵从一个最基本的行动原则：融入。

"随风潜入夜，润物细无声"地融入任务群体之中，不暴露，就是最大的成功。

在影视剧《潜伏》里面，戴笠对顶级间谍"佛龛"的指示就是：只蛰伏，不启用，待战事，见奇效。

要辨别间谍，可以通过这两个原则来反推：

1.会做人，和任何人都相处得非常融洽。

2.从各方各面，都非常自然地融入一个新的群体环境中。

下面这个案子，发生在1937年的延安。

主角是国民党第二代谍王沈之岳。他成功融入延安，一度渗透进中共中央机要部门担任收发工作，潜伏在最高领导人身边。

差一点，就对中央造成致命性的破坏。

事情要从1937年第二次国共合作的正式形成说起。

延安这个革命圣地，当时可谓暗潮汹涌，其中的反特斗争更是凶险非常。

这场斗争的高潮，是从特务们针对最高领导人的刺杀开始的。

特务刺杀发生时，在延安明面上存在的对立双方为：

我方：延安是中共中央驻地，也是八路军的大本营。

敌方：实行联共抗日的国民党政府仍在延安城里保留一些机构，如"肤施（延安旧称）县党部""肤施县政府"。

反特斗争的局面是一对多，敌攻我守。

我方：陕甘宁边区政府保安处。

主要人物：李克农、布鲁（陈泊）、周兴、王范。

敌方：中统、军统"汉中训练班"、汪伪政权、日寇、土匪。

主要人物：冯长斗、超尘和尚（孟知荃）、沈辉（沈之岳）、吴南山、田守尧（假冒）。

一

延安的反特战斗从1937年的"劳山遇袭案"开始。

1937年4月，时任中共中央副主席的周恩来奉命经西安到南京与国民党代表谈判。

周恩来一行人路过劳山时意外遇险，遭到不明土匪伏击。

我方损失惨重，最后只幸存周恩来等四人。

尤其让人后怕的是，敌人能够如此精准地对我方实施伏击，肯定是提前掌握了我方行动的准确情报。

劳山事件发生后，全国为之震惊。

经过多方探查，确定对周恩来一行人下手的是盘踞当地的李青伍一伙政治土匪，我方的出行情报是土匪安插在延安城内的探子冯长斗提供的。

1937年4月，这股土匪依国民党特务指示，派人前往延安与密探冯长斗接头，刺探到红军重要情报：中共中央4月25日要派周恩来等人前往西安。

于是，4月24日当晚，李青伍便带大队土匪在劳山埋伏，接着就有了周恩来等人劳山遇险一幕。

经过这起直接威胁党中央的恶性案件后，中共中央意识到，在当时特殊的政治形势下，延安已经成为风云四起、暗战迭发的战场，反特工作刻不容缓。

要知道，毛泽东、周恩来、朱德等重要领导人的居住地，原本是没有太严格的保卫措施的。

经劳山遇险事件后，大家的警备意识加强，中共中央成立中央警卫营，从红一军团抽调四个人枪齐整的连队，专门负责护卫中央机关，为领导们再设安全屏障。

这个重要的任务，落在了保安司令部副司令员周兴的身上。

他任职后，第一件事就是着手开展延安的反特工作。

现在最主要的问题是：要怎么揪出特务？

这是整个任务最大的难点。

正在周兴为此一筹莫展时，一个看似不起眼却对后来整个延安反特工作至关重要的案子，被送到了保安处。

二

陕甘宁边区政府保安处，坐落在延安宝塔山对面一个叫棉土沟的半山坡上，办公场所一开始只有几孔窑洞。

当地的老百姓并不清楚保安处的职责。

在当时的延安，老百姓只知道遇到事情找红军干部。

一个老百姓就打听着，把一个案子反映给周兴。

案子其实不在保安处的管辖范围，是一桩风俗案。

这个老百姓是从延安清凉山后的一个村子里来的。那个村里有一座古寺，据老百姓反映，古寺的住持非常好色，曾诱奸村里的妇女。

我党对于统一战线工作一直很重视，像这种涉及宗教人士的案子，比较慎重。

老百姓有反映，即便不在保安处的工作范畴，周兴还是非常积极地进行处理。

他当即派了两名工作人员进行暗访调查。

经过一段时间的取证，证明老百姓反映的情况属实，村里古寺的住持超尘和尚确实存在诱奸村里妇女的行为。

一般这种案子，调查到此，直接将超尘和尚逮捕，然后交给相关部门处理就行。

但在翻阅调查材料时，周兴注意到一个细节：

超尘和尚与被诱奸的妇女约定"暗号"：只要家里方便时，妇女在家门口晾晒一床红棉被，超尘和尚就会下山来和妇女私会。

这种具备一定侦查意识的行为，一个普通的出家人应该想不到。

周兴于是安排人员跟踪超尘和尚，发现这个和尚除像普通出家人一样每天修行外，还会定期到延安城内的一家杂货铺待上很长时间，但并不买什么东西。

周兴又对超尘和尚所在的古寺进行侦查，发现古寺位于清凉山一个比较高的位置，从寺庙可以俯瞰延安全城。

也正是因为这个地理位置优势，超尘和尚能够一眼看到山下妇女晾晒的红棉被。

1.红棉被暗号。

2.优越的地理位置。

3.定期到杂货铺的行为。

结合这些情况，周兴判断这个超尘和尚，绝不仅仅是一个失德出家人。

于是周兴就趁妇女晾晒出红棉被和超尘和尚私会时，当场将他逮捕。

这个超尘和尚当即非常羞愧地认错，向保安处的人员表示他作为一个出家人，不应该做出这样出格的举动，但嘴里还强调和妇女是两情相悦。

保安处于是对妇女进行审讯，妇女表示是因为钱财才跟超尘和尚通奸。

超尘和尚，一个出家人，并没有见他外出化缘，延安周边肯定也不会有人给他大笔的布施，那他这么多的钱财从哪儿来？

周兴由此想到一个非常重要的辨别间谍的细节：拥有大量来源不明的钱财。

结合以上四点，周兴完全判定超尘和尚的间谍身份，当即下令将整个杂货铺的人员秘密抓捕，分开审讯。

超尘和尚一开始还嘴硬，直到保安处审讯杂货铺老板时，得出他的真名——孟知荃。

超尘和尚这才痛哭流涕地坦白。

孟知荃，1910年生，延安当地人，1930年在南京秘密加入敌方特务组织，接受严密培训，后被派回延安，成为杂货铺老板的下线，化名超尘和尚。

在敌方当地明面机构的帮助下，他成为地理位置优越的古寺的住持，居高临下地监看我党各重要机构的人员动向，定期上报给杂货铺老板，通过杂货铺的电台将情报传递出去。

同时他还配合敌方间谍组织从事散播谣言、制造恐慌等破坏活动。

万万没想到，为老乡处理一桩风俗案子，竟然挖出一个特务组织。

后续继续审理，杂货铺老板和超尘和尚为活命，还交代：

1.一条线的其他潜伏间谍，包括一名小学校长、一名天主教堂的教父。

2.一项已经埋设好地雷的公路破坏任务。

3.一项针对我方重要领导的伏击任务。

还有一个情况，最令人震惊，当孟知荃说出口后，保安处的同志都大惊失色，周兴更是连夜去见了最高领导人。

三

孟知荃这个披着"好色住持"外衣的间谍交代的第四个重磅情报是这样的：

为刺杀最高领导人，敌方特务机构将会派出多个厉害的特务，其中一个顶级间谍，已经成功潜伏到最高领导人身边。

周兴连夜见到最高领导人后，将捣毁整个特务组织的工作做了汇报，并就最后一个情报做了着重强调。

工作人员也把一些缜密的后续安排让最高领导人审阅，包括更加严格的驻地安保措施、转移驻地等。

最高领导人看过后，肯定并赞许了周兴和保安处的工作，但对于后续的安排只回复：一刻也不要脱离群众。

周兴回去后，让杂货铺老板用他们的联络方法联络那个已经潜伏到最高领导人身边的间谍。

杂货铺老板照办，联络方法如下：

1.到指定的一个偏僻窑洞边，找到一棵有特别标识的榆树。

2.在这棵榆树下找到两块放倒的土块。

3.将香烟烟盒的外皮翻转，写上暗语。

4.把两块放倒的土块叠起，将写上暗语的烟盒纸用最下方的土块压住。

杂货铺老板按照周兴的要求，用暗语写上：有重要事宜，明日中午，到甘泉县杜甫祠堂见面详谈。

周兴在榆树窑洞和杜甫祠堂都做了布置。

第二天发现，榆树窑洞边放的土块还叠着，香烟烟盒纸也还在，杜甫祠堂没人去。

布置在榆树窑洞的同志将情况汇报，觉得是杂货铺的老板给了假情报。

保安处的同志亲自去查看后，确定杂货铺老板给的是真情报。

在杂货铺老板去叠放土块前，保安处让杂货铺老板在叠起的土块间放了几根羊毛，在翻转的香烟盒上则点了几点香灰。

现在羊毛和香灰都不见了，土块肯定是被重新叠放过，烟盒也肯定被要联络的顶级间谍看过，但是这个顶级间谍并没有去杜甫祠堂赴约。

存在两种可能：

1.保安处的行动已经被那个顶级间谍察觉。

2.顶级间谍因为什么事情被耽搁，没有赴约。

考虑到第二种可能，保安处又继续蹲守，但过去很长时间，发现榆树窑洞重新布置的土块、香烟盒再没有被动过，杜甫祠堂也没有可疑人员出现。

结合这些情况，把第二种可能排除。

既然顶级间谍已经察觉保安处的行动，超尘和尚（孟知荃）、杂货铺老板等被捕间谍已经没有价值。

保安处按规定要将他们交给边区政府公审。孟知荃在最后关头，向保安处提出请求，希望将自己交给国民党延安县县长高仲谦处置。

我方并没有答应，于1938年2月，召开公开处理大会（公审大会），并在审议后，对超尘和尚（孟知荃）等人执行枪决。

由群众举报的一起出家人伤风败俗的案子，直接清查出一整条间谍联络线，保安处的反特工作开局完胜。

然而保安处上下，却更加紧张起来了，因为那个已经成功潜伏到最高领导人身边、时刻存在致命威胁的敌方顶级间谍，并没有被抓获。

就在周兴和保安处都严阵以待时，最高领导人却并没有批准严格的安保措施。

不过，谁都不曾料到，最后把这个顶级间谍识破的，竟然是最高领导人本人。

直到三十年后，此人临死前发布他的个人自传，世人才知道国民党军统这一任务对中央的危害性。

因为这个人当时的唯一任务，就是潜伏在最高领导人身边，伺机下手。

四

这个被最高领导人觉察到有异样表现的人叫沈辉。

沈辉，原名沈之岳，国民党顶级特务。

1938年，沈之岳化名沈辉，随一个教授访问团来到延安，他自称是教授访问团中萧致平教授的私人助手。

沈辉在延安随团考察的一个月里，都是一副谦逊有礼、落落大方的模样，同时还不经意透露出他读过大量马列书刊，通晓英语、俄语，还谈了一些有自己独到见解的"革命理论"。

在闲暇的时候，沈辉非常亲和地跟八路军战士聊天，偶尔还约着一起打篮球，完全就是一副进步青年模样。

他倾听延安军民吟唱的《黄河谣》《延安颂》等革命歌曲时，还频频用手擦拭眼眶，情不自禁地跟着轻声哼唱。

一来二去，沈辉成功和延安的八路军战士们打成一片，他表现出对延安革命生活的真诚向往。

一个月的访问考察结束，教授团将要返回时，沈辉顺理成章地向延安方面提出要和他的妻子邵达镇一起留在延安，参加革命。

我方对于想要加入革命团队的进步青年十分欢迎，尤其是像沈辉这样的高级知识分子，更是急需的。

但为避免敌人潜入我党内部，沈辉必须通过我党的层层审查才能留下来。

作为顶级间谍，沈辉的融入工作准备得极其充分，但要通过我党保安处的这些审查，还是有难度的。

为此，沈辉用了完全出人意料的一个方法，竟然成功通过审查。

五

以沈辉进入延安后表现出来的素养，他这样的人才，一旦通过审查，毫无疑问就要进入中共中央工作。因此，保安处非常重视。

对沈辉的审查，由保安处处长周兴直接负责。

这时候的周兴，有个外号叫"周半城"。因为保安处承担中央机关的安全工作，机构规格非常高，机关、保卫团营房占据了大半城区，一直延伸到凤凰山山麓的窑洞看守所。

时任中央军委副主席的周恩来有一次将周兴称为"周半城"，随之传开。

能够受到这样的重视，可见周兴的能力非比寻常。

周兴和副处长王范两人亲自主导，从内外两个方面对沈辉进行全面审查：

外部直接派出精锐的保安处调查员，按照沈辉提供的材料，前往他读书生活的地方进行实地探查。

内部则多次进行突击检验。

这一检验，果然发现了一个问题：沈辉提供的材料，说他是河南人，但在一次突击检验中，他说话却带着江浙口音。

这个细节引起周兴的重视，当即就这个破绽进行深入调查。

沈辉给出解释，他曾经跟着舅舅在上海居住过几年。

而这个时候，外部调查的人员，也探查到沈辉当年跟舅舅在上海生活过一段时间的材料。

两方面一结合，让这个暴露出来的问题，得到很完美的回应。

这时，对沈辉读书、生活的其他方面调查资料也陆续送达，都没有任何问题。

在审查过程中，尤其让保安处放心的，正是沈辉的口音问题，如果他真的是敌方派来的人员，一定不会在掩盖口音这样的低级漏洞上犯错。

因此，沈辉通过了审查。

谁都没想到，口音的问题，正是沈辉故意留的一个破绽。

这位顶级间谍，采取的是欲擒故纵的伎俩，他生活、学习的经历，都已经由他的直接上级戴笠，预先花大功夫安排人员做得尽善尽美。

但他深知，太完美也是一种漏洞，像口音这种微小但不易察觉的问题，是他故意暴露出来，用于迷惑审查人员的。

一旦我方的审查人员，意识到他的这个问题，就会倾向于重点核查这个破绽，而这个明显的破绽一旦得到合理的解释，其他的问题就顺理成章地不成问题了。

结果，也确实如沈辉预想的一样。

通过审查后，沈辉就被作为稀缺人才，安排进抗日军政大学深造学习。

学习期间，有深厚文化基础的沈辉表现非常亮眼，不仅文化课特别优秀，对共产主义理论的理解更是独到，引起各方面的关注和重视。时任中央社会部部长的康生，在学校里还当着众多党中央领导人的面表扬沈辉，把他作为进步青年的革命典型。

之后，沈辉被推荐入党。

从抗日军政大学毕业后，沈辉被组织委以重任，分配到中共中央机要部门担任收发员。他工作非常勤恳，展现出一个思想觉悟很高、颇有能力的可靠人才形象。

作为刺杀任务的执行者，如今他苦苦等待的，只是一个近距离接触最高领导人的机会。

但一个不起眼的举动，让最高领导人对他产生了怀疑。

六

沈辉从渗透进延安，苦心经营进中共中央机要部门，再到靠近最高领导人，每一步都做得非常完美，极好地做到了作为顶级间谍在"融入"这个原则上的执行力。

1.跟着一个相对中立的高级知识分子访问团进入延安，这从一开始就让他的融入显得公开透明。

2.到达延安后，处心积虑地打造进步青年的人设。

3.利用打篮球等项目，融入八路军团体。他在这里采用的是向下兼容，在这个阶段，并没有用学识上的优势进行碾压。

4.取得认同后，顺理成章地要求留下，并且还是带家属留下，提高合理性的同时，也为自己增加信任筹码。

5.进入抗日军政大学后，运用自身学识，采用突出冒尖的方式，引起中央领导重视，向上融入。

6.和各个不同层面的人都融洽相处，获得顶级信任，显示优异实力，进入核心。

沈辉用非常周全的方式，抵达任务的核心，经手中共中央机要部门的重要情报，直接接触最高领导人。可以说，他的刺杀任务，已经完成九成。

直到有一次，最高领导人在批改文件时，习惯性地准备抽根烟解压，摸口袋时才发现烟已抽完。一旁的沈辉立即掏出一盒烟递给最高领导人，正是最高领导人平时喜欢抽的那一款烟。

最高领导人一开始非常满意，但仔细思考后，联想到周兴汇报的清凉山古寺好色主持特务案，就生出疑惑：为什么这个收发员会随身带着自己喜欢抽的烟？

继续观察，发现这个收发员根本不会抽烟。最高领导人判断这个收发员肯定有问题。

最高领导人随后下令，将沈辉调离中共中央机要部门，派出延安。

保安处也再次对沈辉的资料进行审查，依旧没有发现可疑之处，但还是执行最高领导人的决定，将沈辉调往当时还属于国统区的浙江开展工作。沈辉加入新四军第三支队，协助张云逸司令工作。

最高领导人这个纯靠意识和细节观察做出的决定，直接对敌方的间谍工作造成了毁灭式的打击。在幕后主导这一切的戴笠，乃至全部准备渗透进延安的间谍势力，都十分忌惮。

想想看，顶级间谍沈辉做得如此完美，都被察觉，其他人要想进延安开展间谍工作，几乎无异于自投罗网。

翻开沈辉的间谍履历，可以清楚地看到，他作为顶级间谍，不仅需要后天的强化训练，还需有擅于伪装的天赋。

沈辉，真名沈之岳，1913年出生于浙江仙居的一个地主家庭，经济条件优渥，从小接受非常好的教育。

1930年，他顺利考入南京中央军校第八期，后考入上海复旦大学。

在复旦大学就读期间，沈之岳接触到一批进步青年，在他们潜移默化的影响下，思想发生改变，经常阅读进步书籍，和同学们走上街头参加反帝反封建活动，深入了解工农群众需求。

沈之岳在共产党员同学的引领下，积极参与一系列支持工人的运动，进入浦东煤炭公司当了一名普通工人，很快就成为罢工运动的领导者。在镇压一场为反对日本帝国主义侵略而举行的罢工活动时，反动派将为首的几人全部抓进监狱。

入狱前，沈之岳并没有任何做保密工作的经验，但是他思维缜密，头脑清醒，始终保持冷静。

看到一同入狱的工友被施加酷刑时，也不慌乱。

在反动派将要对他用刑时，沈之岳非常镇定地反客为主，说他的亲戚是反动派的某位高级官员，他之所以参与工人运动，是受这位高官的指示。

反动派当即被震慑住，没有动刑，而是进行了一些盘问，发现沈之岳整个过程非常淡定，各种细节描述也很详细。

反动派于是信了沈之岳的话，不仅没敢对他用刑，还好酒好肉地招待他，特意为他提供了一个条件不错的单人牢房。

但时间一长，反动派还是意识到不对劲，小心地进行一番求证后，才发现沈之岳说的没有一句真话，而他们竟然被耍得团团转。

就在反动派决定严惩沈之岳时，戴笠听到了关于沈之岳的情况汇报，意识到沈之岳异于常人的天赋，亲自提审。

戴笠发现沈之岳临危不惧，思维非常敏捷，随机应变的能力极强。不但当即下令将沈之岳释放，还加以重用，许以荣华富贵，让沈之岳彻底听命于他。

之后，戴笠特意将沈之岳送进浙江警官学校进修，接受特务领域的专业培训，提升他的专业素养。

在校期间，沈之岳遵从戴笠的指示，不断学习各类特务知识和技能，同时还精研《共产主义ABC》等马列主义的进步书刊。

　　爱国学生们视其为同道中人，甚至把他发展进了"光明读书社"——我党在上海的一大重要外围组织。这为沈之岳日后打入我党内部奠定基础。

　　在经过充分准备后，戴笠精心进行安排将他送入延安，成为一颗埋在党中央的"心脏炸弹"。

　　不过因为延安保安处的严加防范，以及最高领导人的个人警觉意识，沈之岳在延安并没有造成严重的破坏。

　　但作为一个极具破坏能力的顶级间谍，他被派出延安后，很快就在浙江给我方重要的战斗力量新四军带来了毁灭性的打击。

　　沈之岳提供的情报，间接促成了一起震惊中外的冤案、惨案。

七

　　沈之岳这个顶级间谍被调离延安，派往浙江参与新四军工作后，他的主要任务是为军统提供情报。

　　这直接造成了第二次国共合作以来最大的惨案：皖南事变。

　　1940年10月19日，国民政府军事委员会参谋总长何应钦、副参谋总长白崇禧致电八路军朱德总司令、彭德怀副总司令和新四军叶挺军长，对中国共产党及其领导的武装力量进行种种攻击和诬蔑：

1.不守战区范围，自由行动。

2.不遵编制数量，自由扩充。

3.不服从中央命令，破坏行政系统。

4.不打敌人，专事吞并友军。

并借此提出无理要求：

1.要求在大江南北坚持抗战的八路军、新四军于一个月内全部开赴黄河以北。

2.将五十万八路军、新四军合并缩编为十万人。

1940年11月9日，中共中央以朱德、彭德怀、叶挺、项英名义复电何应钦、白崇禧：

1.据实验斥10月19日电报中的反共诬蔑和无理要求。

2.为顾全大局，坚持团结抗战，新四军驻皖南部队将开赴长江以北。

1940年12月8日，何应钦、白崇禧再电朱德、彭德怀、叶挺、项英，宣称调防是军令，必须执行，要求迅即将黄河以南八路军、新四军全部调赴黄河以北。

1940年12月9日，蒋介石发布命令：

1.限长江以南的新四军于12月31日前开到长江以北地区。

2.黄河以南的八路军、新四军于1941年1月30日前开到黄河以北地区。

1940年12月10日，他又秘密下达《剿灭黄河以南匪军作战计划》和《解决江南新四军方案》，并密令第三战区司令长官顾祝同、第三十二集团军总司令上官云相等，调兵围歼新四军。

这意味着，新四军接下来的具体行军路线、人数、武器装备等重要军事情报，已经遭遇泄露。

1941年1月4日，叶挺、项英率领新四军军部、一个教导团、一个特务团和第一支队、第二支队、第三支队的各两个团，共九千余人，由泾县的云岭（新四军军部所在地）起程，向茂林前进。

茂林地区丛山环绕，断崖绝壁，国民党反动派依靠得到的准确情报，预先在最有利的地理位置，布置由顾祝同、上官云相指挥的七个师，约八万余人。

7日，新四军到达茂林，国民党军立即对其实行包围突袭。

新四军指战员仓促应战，并致电国民党当局质问。

蒋介石诡称已致电顾祝同查询真相，实则密令各部切实执行其"一网打尽，生擒叶、项"的毒计。

新四军指战员在军长叶挺的指挥下，奋不顾身，英勇地抗击国民党反动部队的围攻。

经七昼夜血战，终因众寡悬殊，弹尽粮绝，除傅秋涛等率领三千余人突围外，其余大部壮烈牺牲。

军长叶挺亲赴敌108师师部谈判，竟被扣押，副军长项英、参谋长周子昆、政治部主任袁国平等皆遇难。

这就是震惊中外的皖南事变。

蒋介石在1月17日以国民党军事委员会的名义，反咬一口，宣布新四军"叛变"，取消其番号，将军长叶挺"革职"，交军法审判，并令汤恩伯、李品仙的二十余万大军进攻江北新四军。

至此，第二次反共高潮已达顶点。

在整个事件中，那些关乎生死的情报，都被沈之岳泄露给敌方，导致新四军完全处在被动地位。

沈之岳在皖南事变中活动频繁，也曾露出马脚，但由于他十分机灵，没有留下把柄。

周恩来得知皖南事变的消息是在1941年1月11日，当时他正与叶剑英等南方局领导在报馆与工作人员共同庆祝《新华日报》创刊三周年。

中共南方局的机要送来关于皖南事变的中央急电，周恩来看后，当即将江南新四军被"围剿"的消息透露给大家。这时，现场电灯恰好突然熄灭了（战时电力不足，经常停电）。

过了一会儿电灯又亮起来。

周恩来意味深长地说："黑暗是暂时的，光明一定会到来！"

周恩来亲笔写了"为江南死国难者致哀"的题词和"千古奇冤，江南一叶，同室操戈，相煎何急！？"的四言挽诗，刊登在《新华日报》上。

无论是劳山遇袭，还是皖南事变，情报工作在其中都起到非常关键的作用，尤其是随着我方和敌方的合作关系恶化，在间谍工作上的斗争日趋剧烈和残酷。

戴笠为此，进行了一个丧心病狂的安排。

八

为在特务工作上收到奇效，戴笠直接开办了一个定向间谍班，往延安成批送特务，以量取胜。

1938年4月，我党创始人之一张国焘叛变，加入国民党军统特务组织，以他对延安的了解，向戴笠提出训练知识青年打入延安的恶毒策略。

这条策略，和戴笠的想法不谋而合。

全面抗战时期，戴笠把军统上海行动组组长程慕颐在老家温州设立的一个训练班，迁往陕西汉中。

敌特组织以"天水行营游击干部训练班"的名义，在陕西汉中郊外的十八里铺办班，代称"汉训班"。"汉训班"

在汉中城管子街（今青年路）中段18号设有接待站，学员到汉中后由接待站负责初审，并护送到十八里铺。

汉中特训班招收学员有两个基本条件：

1.具有初中以上文化程度的青年男女。

2.来自陕甘宁区域。

之所以会提出第二个条件，是为了进一步降低这些"汉训班"间谍融入延安的难度。

训练期间，制定了非常严格的管理纪律：

1.所有人员只准进不准出。

2.一律以代号相称，彼此不知道真实姓名。

3.理发、剃须、洗澡被明令禁止，上厕所都进行严格管理。

训练内容除在思想上进行反共教育外，还教授射击、爆破、暗杀及窃取情报等技术。

训练时间以三个月为一期，期满后便伪装成进步青年前往延安做长期潜伏。

沈之岳化名李国栋到"汉训班"亲自传授融入延安的经验。先后有八期结业的"汉训班"学员陆续渗入陕甘宁边区。

进入延安开始执行任务后，潜伏人员之间不可发生横向联系，也不可主动同上级机关进行联络，而是作为闲棋冷子，等候时机，配合国军进攻延安，实施刺杀中共党政军领导人，破坏军事设施，炸毁桥梁、道路、仓库等活动。

像沈之岳这样有着成功融入延安经验的间谍，都被委以重任。

政治教官朱增福曾于1938年6月打入延安，在陕北公学二期加入共产党，离开延安后在温州特训班听训。后来到"汉训班"专门讲授如何伪装，如何打入中共首脑部门。

特技教官杜长城是绥远人，先后在"兰训班"第一期和"汉训班"第一期受训，后留班任教，是军统的"爆破专家"。

在"汉训班"进行得如火如荼、大批受训间谍开始涌入延安之时，我方却没有一个确实抓手能够有效进行反特工作。

直到一个陇东中学教师被李克农连夜亲自接见，延安反特工作才找到了突破口。

九

这个中学教师叫吴南山，是甘肃庆阳人，高中毕业后于庆阳樊家庙义务小学任教师，虽然只是一名小学老师，但也算是当地的知识分子。

因此，当地的农会主席和地保经常请吴南山帮忙写一些材料。

通过这些材料，以及观察农会的实际工作，吴南山对共产主义理论很有好感，认为共产党是真正做事的为人民服务的政党。

战争开始后，反动派政府经济紧张，就停发了像吴南山这样的普通教师的工资。

吴南山带着一些老师去讨要说法，结果不仅工资没有着落，连他的小学教师资格也被取消。

至此，吴南山对反动派政府非常失望。

1939年处于失业状态的吴南山为生计，不得不另寻出路。

当时像他这样的知识分子，有两条出路：

1.报考一个学校进行深造，毕业后继续从事教育工作。

2.加入抗日队伍中去保家卫国。

但无论选择哪条路，都需要到重庆这个当时的政治文化中心去，才容易实现。

于是他便启程南下，当走到汉中时，遇到"汉训班"在汉中地区的招生代表杜长城。

杜长城不仅热情地为他"引路"，还把现在的国家形势面面俱到地给他做了分析。

两人相谈甚欢，吴南山当即就被杜长城的"眼界"和"魅力"折服。

当知道吴南山想要参加抗日战争的想法后，杜长城告诉吴南山，汉中就有一个战时游击战术干部训练班，是免费培训抗日干部的，从那里毕业后就可以直接去抗日前线。

吴南山知道这个消息后，非常高兴，感觉找到了人生方向。

于是，杜长城给了吴南山一封介绍信，并嘱咐吴南山原地等待，不要跟任何人接触，会有专门的人凭暗号来接他入学。

不久后，在专门特派员的对接下，吴南山被带到汉中东郊十八里铺陈家营，进入第四期的"汉训班"，开始为期三个月的学习和训练。

吴南山带着满腔抗日救国的热情而来，但现实截然相反。

本以为这是一个抗日干部培训学校，进去之后才发现，这其实就是一个反动派间谍训练营。

为了让有志青年自愿进入训练班，军统将"汉训班"包装成了战时游击战术干部训练班，宣称为了"培养抗日干部"。

当时很多像吴南山这样的人，被骗进"汉训班"，等他们意识到自己被骗后，想离开已经根本不可能了。

"汉训班"实行军事化管理，每一个人都会被二十四小时监视，且稍有不慎就会遭到毒打。

除了专业技能训练，最主要的是精神洗脑和反共宣传。

但对共产主义理论有一定了解的吴南山，发现那些宣传非常荒谬，导致他对"汉训班"始终存在抵触情绪。

不过为了能够活着离开，吴南山还是假装积极训练，并顺利毕业，代号101。

离开"汉训班"后，他先按照"汉训班"规定，与军统西安站和陇东西峰镇建立联系，然后返回庆阳老家，这样做是为了避免军统的怀疑，以免还未到家就被追杀。

当时的庆阳，反动派已经被赶走，属于边区。

吴南山找到他以前的工作搭档陆为公，想要找一份工作。当时，陆为公被边区政府委派到庆阳创办陇东中学，为边区培养师资和文化教育干部。

见到吴南山，陆为公就让吴南山加入陇东中学的创办工作中来，这种信任让吴南山非常感动。

1940年9月，陇东中学正式开学，吴南山成为陇东中学的教师，同时还担任学生生活大队副队长。

吴南山没有想到，自己曾经小学老师的工作都不保，现在却受到了陇东中学的重视，深深感受到我党对人才的爱惜，相当感动。

近距离地接触我党，对我党有了更深刻的认识，吴南山根本不愿意执行军统的潜伏任务，他觉得自己应该交代自己的问题，不能做一个忘恩负义的人。

1941年年初，在经过几天极其艰难的思想斗争后，吴南山鼓起勇气将自己在"汉训班"的经历告诉陆为公。陆为公听后非常惊讶，完全不敢相信自己的好友竟然是反动派特务。冷静下来后，陆为公先安抚吴南山，让他不要有过重的思想负担。

我方对于戴罪立功的人员是有很好的照顾政策的，并且吴南山当时并没有执行任何对我方不利的间谍工作。这让吴南山更加坚定了加入共产党的决心。

陆为公随即将这件事汇报给校长马文瑞。马文瑞不仅是陇东中学的校长，也是陇东分区党委书记。

我方一直严加防备敌人的间谍行为，但当时对"汉训班"还一无所知。

据吴南山汇报，他参加的是"汉训班"第四期，这也就意味着，在吴南山之前，已经有三期学员着手或已经打入延安，这是一个非常严重的问题。

十

情况第一时间反映给了当时延安社会部副部长李克农。

李克农听后大为震惊，连夜亲自接见吴南山，并与吴南山进行了推心置腹的彻夜长谈。

谈话的目的：

1.鼓励并赞扬吴南山弃暗投明的行为。

2.希望吴南山成为我方找出"汉训班"间谍的一个突破口。

和吴南山谈定后，李克农向党中央汇报了这件事和自己的想法，中央随即下令由李克农亲自下达行动任务。一场没有硝烟的激战，就此打响。

用心钻研侦察业务的赵苍璧，没有立即相信吴南山，而是设计一个局进行考察：他让人抄写一份情报交给吴南山，同时布置治安股股长涂占奎在半路截查，看看是否还夹带了别的情报。

结果发现吴南山只带了赵苍璧提供的那份情报，确实没有其他夹带。这就证明吴南山可靠。

我方结合吴南山自身的特殊条件，在李甫山、赵苍璧的布置下，运用"钓""诱""查"三种手段抓捕"汉训班"间谍：

1.钓，通过与西安的正常联系引敌上钩。吴南山用化学药水密写信件向西安通报，表示有重要情报上报。军统随即派人前来接洽，贺铸、刘志诚等人先后进入我方视线。

这些"情报"都是经我方筛选的一些无关紧要甚至虚构的信息。

2.诱，利用公开的科长身份诱敌投靠。军统试图在陕甘宁边区建组，派高巍等三人来到陇东。一时找不到掩护身份的高巍，主动找到吴南山，吴南山便把三人安排到中学任教，将其纳入了控制范围。

3.查，利用曾在"汉训班"受训的条件主动发现特务。吴南山到专署办事遇到了"汉训班"第四期学员郑崇义，此人已潜入专署秘书科当文书。我方立即对郑崇义进行秘密控制。

就这样，"汉训班"训练、派出特务，我方实施抓捕。

一放一抓，敌方如同开塘养鱼，我方则是在塘口支起鱼篓子。其中最具突破性的进展是抓住了"汉训班"擅长爆破的祁三益。

吴南山到延安参加会议，返回的途中遇到一个熟人，是他在"汉训班"的同期同学祁三益。

虽然都是"汉训班"的学员，但刚见面也不敢有过多交流，因为他们都深知，如果泄露了个人的信息或底线，那么就会引来杀身之祸。

所以，祁三益对吴南山说他要去延安学习。

吴南山试探着多问了几句，但祁三益却对具体的任务只字不提。

吴南山知道祁三益一定有特殊任务，他的价值很大，可能会关系到整个计划的执行，绝不能让他就这么离开。

于是他告诉祁三益，自己现在是庆阳县的教育科科长，可以帮他找到一份工作，然后再找合适的时机去延安。

祁三益当时也正为怎样正当进入延安发愁，就这样，祁三益就跟着吴南山来到庆阳县。吴南山很快给他找了一份工作，稳住了他。

吴南山将祁三益的情况上报，组织上要求吴南山稳住祁三益，看看他究竟为什么要去延安，有什么重要任务。

祁三益是一个很谨慎的人，在庆阳县没有任何行动，也没有跟谁联络，未露出任何马脚，但他一直催促吴南山帮他弄到去延安的推荐信。

保安处对祁三益很重视，派出赫赫有名的"独臂神探"布鲁同志到庆阳侦破疑案。

布鲁到达庆阳之后，立即抓捕祁三益，进行突击审讯，祁三益最终交代了自己的任务。

原来"汉训班"的学员毕业之后进入我方，然后分散到不同的地方，与军统失去联络，很难真正发挥大作用，所以军统就派出了几位联络员到延安去联络他们，然后共同行动。

军统共派出四名联络员：

1.总联络员赵秀。

2.第一小组联络员祁三益。

3.第二小组联络员王继武。

4.第三小组联络员李春茂。

他们将自己负责的特务人员名单记牢后，就前往延安开展联络工作。

祁三益还交代自己的身份，他是"汉训班"第四期学员，毕业之后在"汉训班"做第五期到第八期的爆破教官。

祁三益是一个相当关键的突破口，于是我方便将他吸收为陇东保安科的外勤人员，成为我方的一枚重要棋子。

1942年1月，祁三益在集市上发现一名"汉训班"毕业的特务，通过这名特务，又找出另外两名成功潜伏的特务：

1.在一家小吃店发现第二小组联络员王继武，他当时已经伪装成这家小店的账房先生。

2.在白求恩国际和平医院发现第三小组联络员李春茂，他当时已经伪装成资深护士。

通过缜密工作，我方已完全掌握三个小组的行动，还获得了大量的特务信息。

但总联络员赵秀一直没有被发现，我方从已经抓获的间谍交代的信息获知，一个极具破坏性的任务由赵秀亲自负责执行。

这个破坏性巨大的任务一旦执行，将对延安造成十分严重的破坏。

十一

布鲁等保安处人员，经过缜密分析排查，确定赵秀执行任务的目标：1942年5月1日的纪念大会。

这场大会将有数千人参会，中央的多位重要领导，包括最高领导人都将出席。

保安处随即在延安全城秘密布防，会场所在地文化沟由布鲁带着已经投诚的第三组联络员李春茂直接蹲守。

李春茂认出混在进场人群中的总联络员赵秀。李春茂用暗语与赵秀联络上后，了解到赵秀化名赵玉峰，先到榆林，通过国民党二十二军的关系，到延安通信局任"防空监视哨"哨长。

正是因为敌方这样的安排，我方组织各种筛查都没有找到他。

而赵秀要执行的任务，正是在纪念大会上制造一场爆炸。这次任务如果成功执行，后果不堪设想。

成功抓捕赵秀这个总联络员后，为将他争取过来，布鲁精心设计了一条曲折的劝降计策：

第一步：先将祁三益、李春茂、王继武三人拘捕，关押在绵土沟后山上的看守所。三人都已投诚，但互不知情，关押只是造成假象。

第二步：布置王继武去说服李春茂自首。李春茂同意后再去说服祁三益自首。祁三益假意表明了坚决不自首的态度。

第三步：让王继武、李春茂分两次去说服赵秀自首，并且都在劝降过程中透露出祁三益坚决不投降的情况。赵秀拒绝两人劝降，但已明显动摇。

第四步：布鲁反复交代政策，赵秀终于承认自己的总联络员身份，并表示愿意悔过自新。

第五步：由赵秀"劝降"祁三益，祁三益同意自首。

这个劝降的顺序是反的。

本来祁三益最先投诚，依次是王继武、李春茂、赵秀。

现在，祁三益成了最后一个"顽固"分子，目的在于掩护祁三益，万一其中有人动摇反水，还可给祁三益留一条退路。

截至1942年年底，在四个联络员的配合下，潜入延安的"汉训班"间谍三十多人被捕，一举粉碎戴笠主导、沈之岳培训特务人员的针对延安的间谍行动。从此扭转了延安地区"特务如麻，到处皆是""反动派特务像蚂蚁，站着看不见，蹲下满地都是"的局面。

这些投入巨大精力培养的间谍被我方批量抓捕，让反动派又惊又怒，同时对延安的反特能力也是忌惮不已。

但丧心病狂的反动派，在收到一条情报后，决定做最后一搏，想要完成沈之岳之前没有完成的任务：刺杀最高领导人。

1943年，受中央指示，我方优秀将领田守尧由江苏前往延安中央党校，学习更深层次的理论与军事指导技巧，在乘船经过盐河口时，遭遇日军巡逻艇，经过激烈战斗后，田守尧牺牲。

当时我方的通信条件并不完善，这个消息没能及时传到延安，反而被反动派得知。

于是反动派就安排一个特务假冒田守尧进入延安。

对于到延安学习的优秀将领，最高领导人都会亲自接见。

我方人员对田守尧一行人进行了仔细核查，确定无误后，送入专门的军委招待所，只待第二天面见最高领导人。

因为一直没有抓到那个潜伏在最高领导人身边的顶级间谍，保安处的人员就对能够接触到最高领导人的人员十分留心。

布鲁在抄录日常活动安排时，发现田守尧的行程中有一个可疑的点：

田守尧是3月上旬从华中出发，经渤海、冀东、平西进入晋西北，然后来到延安的。

在晋西北时，田守尧等人遭遇过一次战斗，导致华中局的介绍信丢失。

这里面存在的疑点是：田守尧的行程，要经过很多日伪区、白区，但没有遇到任何阻碍，他的行程实在太顺利了。

唯一一次战斗，还是用来说明华中局介绍信丢失的原因的。

布鲁立刻询问晋西北的兵站，得到回答：新四军旅长田守尧，并未从这里经过。

于是，布鲁紧急启动一些我方深潜的地下交通员，进行调查，得到一个极其惊人的结果：田守尧已经牺牲。

布鲁当即将这个假冒田守尧的间谍逮捕，从这一行人身上搜出致命的刺杀用具。

如果让这些人第二天见到最高领导人，会发生怎样可怕的事情，简直不敢想象。

十二

回顾整个延安的反特工作，在这场没有硝烟的战争中，李克农、周兴、布鲁等同志始终心细如发，和各方面间谍斗智斗勇，他们知道稍有懈怠，就会造成不可挽回的严重后果。

对于那个一直没有被抓获的顶级间谍，所有人都时刻紧绷着一根弦。

直到三十多年后，远遁台湾的沈之岳，才通过自传，将曾经潜入延安并参与后续一系列活动的情况披露出来。

这个号称"蓝色007"的顶级间谍，对当时延安的反特能力也是忌惮不已。

20世纪90年代，身患绝症的沈之岳到北京治病，专程到张爱萍将军驻地拜访。

见面后，沈之岳连称是特地来感激张将军救命之恩的。

1955年我军发起的解放大陈列岛战役，也就是现在广为人知的一江山岛战役。

张爱萍是我军大陈列岛战役总指挥，沈之岳当时随国民党政战部主任蒋经国也恰在大陈岛驻防。

大陈列岛战役初战收复一江山岛后，美国国务卿杜勒斯即出面请苏联外长莫洛托夫从中斡旋，请求我军暂停攻击，由美方派出舰队转接大陈守军撤离，之后大陈列岛所辖十六个岛屿一并交还我方。

为避免伤及大陈列岛万余百姓，中央同意了这个方案。

沈之岳感激张爱萍放了驻岛守军一条生路，才让他得以活命。

张爱萍当时大笑："那你要感谢毛泽东、周恩来，要是我，就不会放过你。"

继续交谈得知，沈之岳还是张爱萍的学生。

1937年年初，张爱萍在抗日军政大学任军事教官，沈之岳是抗大学员。

沈之岳说："你还是我的先生。"

张爱萍回应："那时学员很多，没有印象了。"

面对敌方特务处心积虑布置下的各种波谲云诡的破坏活动，面对像沈之岳这样时刻威胁我方核心领导人安危的凶险存在，我方李克农、周兴、布鲁等同志，始终如履薄冰般开展着反特工作。

他们经历的地下战争，没有炮火连天、硝烟滚滚，但每一次都不允许失败，一旦失败，整个中国近代史的进程就将改变。他们的工作就是在黑暗中默默燃烧自己，如同萤火虫一样，照亮黎明来临前的至暗时刻。

没有绚烂，没有璀璨，很多付出都是不为人知的。

但这些为黎明来临所付出的牺牲，是这个民族的复兴、这个国家的新生，最不可或缺的一部分。

所有那些在黑暗里流淌过的鲜血，虽然看不到红，但一样滚烫炙热。

参考资料：

1.萨苏、老拙：《东方特工在行动》，文汇出版社，2011年。

2.缪平均：《惊心动魄的延安反特斗争》，载《党史纵横》2013年第10期。

3.黎善坤：《抗战时期的延安反特》，载《党史天地》2005年第2期。

4.张家胜、剑萍：《抗战初期延安反特战线的生死较量》，载《文史春秋》2007年第4期。

5.卢荻：《沈之岳：潜伏阵营的"最大谜题"》，载《同舟共进》2013年第2期。

6.郝在今：《延安反特第一案》，载《炎黄春秋》2020年第6期。

耿湾惨案

毒泉水隐藏的真相

山河无泪，风雨如晦，浸透热血，遍埋忠骨。

一

这桩悬案发生于1935年10月，当时中央红军刚越过六盘山主峰，即将胜利结束长征。

中央红军跨越了十一个省，行程两万五千余里，出发的时候，人数是八万六千八百余人，到最后会师，只剩下七千余人，折损近八万人，相当于平均每走一里就有三至四名红军战士倒下，每十二人只有一人到达陕北。

每一个走完长征的人，都经过了无数道鬼门关，是精英中的精英。

中央红军长征路线：瑞金→突破敌四道防线→强渡乌江→占领遵义→四渡赤水→巧渡金沙江→强渡大渡河→飞夺泸定桥→翻雪山→过草地→陕北吴起会师→甘肃会宁会师。

即将进入陕北时，最高领导人就说过："这些从江西带出来的红军，都是革命的种子，都是宝贝。将来撒在全国各地，那就是一大片，如今快要到达陕北了，可不能再让老蒋给端去了。"

但如此宝贵的人才，却在红军成功翻越六盘山进入陕北后，在耿湾镇这个地方一夜之间牺牲三百余人。

噩耗传到中央，最高领导人震怒，当即下令国家政治保卫局进行彻查。

保卫局立即组织力量进行侦破，也抓了一些可疑人员进行审讯，但案情没有丝毫进展。

红军到达陕北后，最高领导人仍惦记着这桩惨案，又派专人返回耿湾镇对此案再次进行侦破。但经过数月调查，仍未找到任何线索。

虽然上级命令全力破解，但限于当时的环境和条件，这场多人暴毙事件的真正原因根本无法查实，案子成了悬案一桩。

随着时间不断流逝，案子被当地的百姓传得越来越悬，甚至和神鬼之说扯上了关系，造成了小范围的恐慌。

经过前期的多次调查分析，大家都认为是反动派布置特务投毒所致。

不过其中的两个关键点并无突破：

1.究竟谁是凶手？

2.用的是什么方法，让这三百余名宝贵的红军战士一夜牺牲？

新中国成立后，最高领导人曾亲自部署，并让周恩来亲自督导，以期侦破此案。

然而周恩来查遍了全国的重要特务案和间谍案，也没有发现什么有用的线索能和此案联系上，终是未得其解。

直到此案发生五十多年后，和这个案件相关的人都已经作古，兰州军区驻宁夏的某部给水团的两位工程师，通过实地勘察，结合相关档案进行调查，才为本案的告破带来转机。

同时也引出这桩悬案的核心疑点：

这三百余人属于哪支部队？为什么后来记录此案，提及时，都只用"三百余人"这个人数概述，而不提从属、番号和带队长官？

二

1989年，兰州军区驻宁夏的某部给水团奉命到环县进行水质勘探，在与当地政府有关人员的一次偶然交谈中，得知了这桩红军在六盘山下发生的多年未破悬案。

水文地质工程师王学印、王森林，对此尤为关心，两人决定再一次进行调查，希望能够揭开这个悬案的真相。

他们首先把该悬案的几个关键点梳理出来：

1.三百余名红军战士全部牺牲，没有幸存者。

2.牺牲的地点为耿湾镇附近的一处山谷。

3.牺牲的时间为1935年10月的一天，大致时间为当天19点左右（老乡最后见到这些红军战士的印象时间）至第二天

11点左右（红军战士牺牲后的遗体发现时间）。

4.红军战士牺牲之前并未发生战斗。

很多相关的资料里，对于这三百余名红军战士牺牲后的情况，都只有这样简单的描述：战士们的神情安详，还保持着牺牲前的休息状态。

三百余人牺牲，是一起比较大的群体死亡事件，结合已经确定的情况进行排除，剩下可能的致死原因有：

1.大型交通工具失事。

2.强度比较大的自然灾害。

3.非战斗可实施的大规模杀伤性武器，包括生物武器。

4.身体机能衰竭。

通过对事发地周围进行勘察，在那个时期，不具备交通事故发生的条件，排除；查询相关材料，在那一时期，当地也没有发生强度比较大的自然灾害，排除。

对第三种原因的排除，需要结合当时所处的历史时期进行。

当时在战场存在使用毒气的情况，不过使用后也只是造成部分伤亡，并不能造成全军覆没，和后来发现的烈士遗骸状态也不吻合，基本可以排除。

第四种身体机能衰竭，这确实会造成群体性的死亡，尤其在一些高强度的急行军队伍里时有发生，通俗的说法是"累死"。

判断是否为这种可能，只需查询当时这支部队牺牲前的战斗情况和行军路线。

但查案人员展开这项调查时，却发现一个非常特别的情况。

三

调查人员翻查相关材料时发现，几乎所有的材料，对于这支部队，都只用"三百余人"这个人数进行概述，没有提及其中任何一个名字及番号。

这样一起重大案件，怎么会出现这样模糊的记录？

案发当时，1935年9月12日，党中央在川甘边界的俄界召开政治局会议，为了缩小目标便于行动，会议决定，将军委纵队和红一方面军主力共七八千人改编为中国工农红军陕甘支队，下辖三个纵队十个大队。

三个纵队的司令员分别由林彪、彭雪枫和叶剑英担任，十个大队的大队长则由红军中的优秀将领担任。

平均算下来，每个大队人数在七百人左右。

在耿湾一下牺牲三百余人，等于牺牲了半个大队。

因为当时各个大队的人数并不统一，多的千人，少的几百人，这牺牲的三百余人，完全有可能是一个完整的大队。

这样一个成建制的大队全体牺牲，正常情况下会记录为第几纵第几大队，出于保密的需要，也可能采用主官的姓名记录为某某所率大队。

非正常情况则是这支队伍的主官出了非常严重的负面问题。

于是基于以下三个条件对陕甘支队的十个大队长进行排查：

1.出现耿湾悬案这样的减员事件，该大队肯定不可能短时间再参加战斗。

2.如果该大队队长成功活到新中国成立后，在历次调查中肯定会有他的个人采问记录。

对陕甘支队十个大队各大队长进行筛查，逐一进行排查后，认为最有可能担任涉事大队队长的是：第十一大队大队长邓国清。

此人的背景有点问题。

第十一大队大队长邓国清，曾任红三军团红二师师长。

1936年，到达陕北后，邓国清从部队供给处要了一百块现洋，跑回湖南老家做买卖，时间不长就混不下去了。

西安事变后他又到南京去找叶剑英请求对方介绍自己回延安，在陕北公学学习一段时间后被分配到山东军区工作。

不久他又跑到反动派那边当特务，1950年镇压反革命时被处决。

随着对陕甘支队这一仅仅存在不到两个月的红军队伍进行资料查询，一些跟悬案相关的情况逐渐清晰，其中有最大涉案可能的大队第十一大队显露出来。

是怎样的原因，让这支队伍只能用"三百余人"这个概括性的人数来进行记录？

这支队伍的主官邓国清，有没有可能作为反动派特务，对红军战士下毒？

四

翻查邓国清的档案，了解到他本来是反动派军队的一名连长，因为犯刑事罪，被关进长沙国民党监狱。1930年，红三军团攻打长沙，把他放出来，并吸收他参加红军。

邓国清打仗很勇敢，不长时间就被提拔为团长。

但是毕竟他曾在反动派军队多年，调戏妇女、动辄打骂部下等恶习积重难改，战士们对他十分不满，甚至有不少人主张撤他的职。

在政委的力主下，司令员没有马上撤邓国清的职，而是继续帮助他提高认识。在政委耐心细致的教导下，邓国清的确有改进。

他爬雪山，过草地，是红军长征时期的一员名将，历经中央红军的所有重大战役，战功赫赫。

长征结束后，邓国清再也过不了红军艰苦的生活，在到达陕北后对革命前途悲观失望，竟然偷偷潜逃，去做敌方特务，后被逮捕。

1950年镇压反革命时邓国清被处决。

因为后来的这些负面情况，以及并不能确定他成为反动派特务的时间，调查人员在一些耿湾悬案的调查材料中，将他列为下毒的重大嫌疑人。

很大可能是因为队长邓国清后来叛变，调查人员在记录这一事件时，进行了一定规避，所以将牺牲战士概述为"三百余人"。

然而，新中国成立前，调查这桩悬案时，邓国清已经离开队伍，新中国成立后，再调查时，他已经被处决，因此当时的调查人员，都没能对他进行直接问询。

想要找他的上级直接了解情况，但邓国清的第十一大队属于第二纵队，纵队司令彭雪枫，也于1944年牺牲。

投毒嫌疑人这条线索，一时间断掉了。

不过通过这些调查，还是大致确定了与耿湾悬案最可能相关的队伍——第十一大队。

第十一大队在这个时间段的行军和战斗情况是怎样的呢？

可查询到的资料里，多次提及第十一大队所在的第二纵队行军情况：从哈达铺到吴起镇一千多里的急行军，一方面要同尾追的敌人打仗，一方面还要不断整顿部队纪律，战士们苦不堪言。

1935年9月23日，中央率陕甘支队离开哈达铺北上。

1935年10月7日，越过六盘山，在青石嘴与国民党何柱国骑兵军第七师十九团展开了一场激战。

这场战役的时间很精准，因为非常有纪念意义，战役共歼敌二百多人，缴获战马一百多匹以及十余马车的弹药物资。红军用缴获的战马组建了第一支骑兵侦察连。

1935年10月19日，中央红军到达陕北苏区的吴起镇。

耿湾悬案发生的时间是10月7日—10月19日之间十二天中的一天。

哈达铺距离青石嘴近四百公里，这三百余名红军战士，一边战斗一边赶路，七天走完近四百公里，每天行军五十多公里。

资料查到这里，可以得出耿湾悬案发生的一个相对准确时间。

<h2 style="text-align:center">五</h2>

青石嘴到耿湾，近一百公里，以平均行军速度每天五十公里计算，耿湾悬案发生的时间应该是1935年10月9日左右。

这个速度是一个强度很大的急行军速度，但对当时的红军来说，却是常态。基本排除这三百余名红军是被累死的可能。

经过这一番调查，可以得出下面更加准确的悬案情况：

1.牺牲的红军战士很大可能属于陕甘第二纵队第十一大队。

2.这支队伍是一支经过了长时间日均五十多公里一边战斗一边赶路的特训的急行军。

调查到这里，也就明白，为什么之前的多次侦察，都将战士们牺牲的原因定为中毒。

虽然相较于其他四种可能，中毒的说法，有一定可信度，不过结合实际情况，还是有很多不能确定的点：

1.三百余人全部牺牲，涉及人数如此之多的群体中毒事件，之前并没有先例。

2.悬案发生的时间相对较短，已知可能实施的下毒手段，都不能达成。

3.根据记载，战士们牺牲时的状态安详，没有中毒后痛苦挣扎以及吐白沫、渗血等迹象。

4.悬案发生后，红军很快又和敌人展开战斗，当时并没有对遗骸进行尸检，因此并没有中毒的确实尸检记录。

调查人员只能继续翻查相关的资料。

通过对六盘山地区的走访，得到一些可用的信息，归纳如下：

1.红军从六盘山下来后，在青石嘴打了一仗，一部分人马沿罗家川、马坊川等沟谷川道来到耿湾镇。

2.这支队伍到达耿湾镇的时间比较晚，整支部队没有进村打扰百姓。

3.队伍的物资极度短缺，曾经有看起来很饥饿的战士向百姓购买一些基本物资，并打听沟谷里的水源。

4.第二天，有别的地方的战士赶来，发现这支队伍的人全部牺牲，没有幸存者。

5.这支部队从抵达耿湾到确定牺牲，没有发生过战斗，周围也没有敌人出现的相关记录。

由这些信息虽然还不能确定这些战士的死因，但基本上可以排除人为投毒的可能，因为：

1.短时间内悄无声息毒死这样一大批红军战士的药物，在当时还没有。

2.以当时这支队伍的物资情况，甚至都不具备集中投毒的条件。

在对耿湾悬案发生后的一些红军材料进行查阅时，发现一条比较关键的线索：后来红军特别下发了相关文件，要求红军在行军过程中，一定要注意卫生安全，对战士们的给养以及日常饮食严格把关。

调查员当即对已经确定的悬案发生地进行勘察，尤其对牺牲红军所在山谷里的泉水进行了采样分析。

泉水虽然看起来非常清澈，但味道咸而偏苦涩，因为这样的口感，周围的百姓一般都不拿来作为饮用水。

不好喝的原因，检测后找到：泉水中钾离子的含量比正常值高出非常多，直接饮用这样的泉水，不仅不易下口，还很可能造成钾中毒。

表现为感觉异常，肢体软弱无力，严重的高钾血症还会有皮肤苍白、低血压、心动过缓、心律不齐的症状，最危险的高钾血症可以导致心脏骤停。

但大多数情况下，钾中毒，并不会造成人快速死亡，更不可能造成三百余人全部中毒身亡这样的情况。

调查人员继续对水样进行分析，并结合实地进行勘探调查，意外得到一个让人激动的发现。

六

水样中，除了钾离子偏高，钠离子和其他元素离子都明显偏高。

为什么这里的泉水会存在这种情况？

进一步进行勘探调查，发现这里处在石油分布区。

在经过后续相关专业石油勘探后，在耿湾所在的环县北部地区探明一座储量超过一亿吨的整装大油田。该油田属于典型的超低渗透油田，每口油井预计可平均日产2.6吨至3吨石油。

结合这个发现，对泉水所在山谷整体进行勘测，发现这里的地质断层结构活跃，在部分泉水溢流处，有大量气体以气泡形式间歇性冒出来。

采集这些气体化验，结果令人吃惊，竟然是氰气。这种气体和泉水里富含的钾离子和钠离子反应，会形成剧毒氰化钾和氰化钠，人体只需摄入极小的量，就可能造成中枢神经阻断型死亡，中毒者无任何痛苦就会无声无息地死去。

有了这些调查发现，接下来王学印和王森林用了三年时间，沿着这支红军队伍的行军路线，登上六盘山，到青石嘴，去银川，去兰州，去吴起，去延安，把和这个悬案有关的材料，都进行整合。

他们跑遍银川所有水文地质和石油化工科研单位，通过科学检测，证明他们的推断和采样分析完全正确。

当年这三百余名红军战士的死因是：到沟底喝了这种含氰化物剧毒的泉水，在短时间内窒息而死。

检测报告由兰州军区报中央军委。

在检测报告中，之所以提到窒息，跟山谷的地理位置有关。

耿湾附近的山谷植被茂密，夜间植物的呼吸作用产生了大量的二氧化碳，二氧化碳气体的密度比空气大，因此就下沉到山谷中，形成一个夜间高浓度二氧化碳区域。

人处在高浓度二氧化碳环境中，会脑缺氧，呼吸中枢麻痹，引起反射性呼吸骤停而突发死亡。

在走访中，有群众反映，村里有一些偷鸡摸狗的人，晚上在村里盗窃后，想从山谷逃走，结果昏倒在那里，村里人认为是红军的英魂惩戒恶人，实际上这也是山谷会在夜间形成高浓度二氧化碳区域的一个侧面佐证。

七

至此，整个悬案终于告破。

调查人员也确定了案件相对应的队伍，以及后续记录都只用"三百余人"这个概称的最可能原因。

战士们的死让人痛心，他们没有死在和敌人的直接对战中，而死于静静的山谷。造成这样群体性短时间死亡的原因是综合的：

1.泉水中超标的钾离子、钠离子等。

2.石油分布区，因为断层结构从地底渗出的氰气，经过反应后形成的氰化钾和氰化钠两种剧毒性化合物。

3.山谷里，夜间因为植物呼吸作用，形成的二氧化碳高浓度环境。

4.一边急行军一边战斗造成的身体疲惫。

这样就可以还原出整个案件的情况：

1935年10月9日左右，经过青石嘴激战，获得胜利的队伍继续朝前进行急行军，于傍晚时分到达耿湾镇。疲惫饥饿的部队，并没有进镇和进村，而是在尽量不对百姓造成打扰的情况下，购买一些物资后，就到附近山谷中的一处水源地驻营休息。

在不知情的状况下，战士们非常饥渴，没有察觉泉水的苦涩，于是喝了有毒的泉水。

夜间，山谷林木茂密，植物的呼吸作用，产生大量的二氧化碳，由于二氧化碳的比重比空气大，都沉积在谷底。

在高浓度二氧化碳的麻痹效用和氰化物剧毒的双重作用下，疲惫不堪的红军战士们，在毫无察觉的情况下，就在睡梦中离世。

从耿湾牺牲的这三百余名红军战士的死因能够看到，当年的红军军纪真的非常严明，即便是在部队给养已经非常匮乏的情况下，也没有扰民，甚至都没进村进镇，而是在野外休息。

与这一点对应的，是之后解放军解放上海后，展现出来的震撼人心的一幕，他们入城后对城市居民秋毫无犯，睡在街道两边。从中也可以看出，这样优良的军队纪律性，是从红军时期起就一脉相承的。

不仅要和凶残的敌军追兵战斗，要和恶劣的自然条件战斗，还要保持强大的意志力进行高强度、超越身体极限的急行军。雪山的刻骨严寒、草地的处处危机，时时刻刻枕戈待旦，无一尺一寸地方可做安身之所，无一分一秒可安稳生活。

现在我们习以为常的事，在当时都是不可想象的奢望。

今日之盛世得来诸多不易，是他们用血肉之躯，和天斗，和地斗，和敌人斗，付出了鲜血和生命换来的。

这一点从排查红军的十个大队长就能看出，那样的高级干部，真正走到最后的不过三人，高达百分之七十的高级干部战损率，其中来自各方面考验的困难程度，是远非常人所能想象的。

可以毫不夸张地说，今天我们和平安定的日子，都是用一条条鲜活的人命作为代价换来的，眼下的这一切，得来是如此艰辛。

山河无泪，风雨如晦，浸透热血，遍埋忠骨。

这些逝去的年轻战士再也不会衰老，他们保持着那时的意志，保持着那时的热血，保持着那时的激情，会继续留在他们牺牲的地方，与青山长存，共日月星辰，守护着这个民族、这片土地、这方家园，守护着你、我，守护着每一个人。

参考资料：

1.王飞：《"毒泉"杀人之谜》，载《大科技·科学之谜》2005年第5期。

2.毛黎娟：《耿湾镇三百长征红军命案之谜》，载《检察风云》2006年第16期。

3.高锐娜：《耿湾悬案》，载《档案》2014年第2期。

唐山惊案

"变节"间谍的救赎

　　我不可能出去了，为了保护组织，减少同志们的危险，我必须死掉。

　　我现在命令你，用挂毛巾的麻绳，把我勒死。要快！

唐山惊案发生于1944年10月，抗日战争胜利前夕。

中共中央根据当时的国际形势，结合相关的情报分析，已经相对准确地预判出抗日战争会在短期（一至两年）内结束。

就在那个黎明前夕，在华北抗日战场上，我方却遭遇了至暗时刻。

1944年9月，面对将要发生急剧变化的国内形势，为更好地开展接下来的工作，冀热边特委在丰润县何家营杨家铺召开特、地、县三级干部参加的党委扩大会议。

这次会议规模很大，会期也长达十五天。

中共冀热边特别委员会、行署、军分区的主要领导都参加会议。

但是，开会的情报被泄露了。

数千名日伪军将八百余名我党的重要干部、机关人员、警卫部队团团围住，因为参加会议的人大多数是行政干部，导致战斗的形势几乎是一边倒。

在激烈对战中，四百三十余名干部、战士牺牲，被俘一百五十余人，成功突围的不足一百二十人。

对于被俘的一百五十余人，这是人生走向彻底逆转的一次事件，也是一次生死攸关的极限考验。

在这些被俘的人中，有一个人经历了求死、变节、逃生、脱罪等道道严酷至极的关隘，并最终靠着常人难以想象的信念和意志，不仅绝境求存，顺利逃生，甚至还在被俘期间，通过一系列不可思议的操作，敌营除奸。

返回我方后，因为身在敌营时的"变节"行为，他被重点审查。在审查过程中，他说出在被俘后的五个决定，每一个都关乎生死，凶险至极。

这五个决定，让这一起令人惊叹不已的案件，得以真相大白。

一

这位在那个黎明前的至暗时刻依旧努力亮出曙光的人，叫任远，是当时冀东军区联络部部长。

他还有一个更重要的隐藏身份：冀东东北情报联络站站长。

在杨家铺战斗中，任远身负重伤，失血过多昏迷后被俘。

醒来后，发现身处敌营，任远第一时间想到的并不是个人安危，而是一个藏在他上衣隐秘口袋里的小笔记本。

小笔记本上记载的是当时党内、军内重要情报关系的联络暗号、代号，还有秘密联络的地点与方法，以及他们自创的姓名、地名等绝密材料。

这份材料原来分别由钟子云、任远和译电员方明各保存一份。

因为浑身血污，再加上任远被俘时已经昏迷，敌方人员并没有进行太仔细的搜查。所以只将他身上容易被发现的钢笔、枪支等搜走，这个藏得隐秘的小笔记本还保存完好。

但接下来，把他送进监狱前，敌人肯定还会进行更彻底的搜查，到那时，这个小笔记本肯定会暴露。

当前，比个人生死更重要的，是要保证这个小笔记本上记载的绝密材料的绝对安全。

当时的任远，身负重伤，连抬起双手的力气都没有。但他马上做出被俘虏后的第一个重要决定：无论用什么方法，必须在今晚，妥善地处理掉小笔记本。

敌人通过任远的穿着和身上的物品，判断他的身份不是普通战士，在押送时，安排四个百姓用担架抬着他。

杨家铺战斗后，敌人押送我方人员去丰润县城，因为天黑，就在中途休息，把任远和四个百姓安排在一处马厩看管。

任远想要取出藏在衣内的小笔记本，但努力挣扎几次，双手始终没有力气解开上衣的扣子，在确定再无别的任何办法后，任远假装呼吸不畅，让身边的老乡为他解开扣子。

扣子解开后，任远没有马上行动，而是等其他人都入睡后，靠着身体和头部的扭动，借助双手残留的一丝力气，取出小笔记本，撕开后，一页一页嚼烂，都吞咽进肚中。

这是在当时那种情况下，他唯一能够想到的保密方法。

一个情报人员被抓后，最为重要的是两件事：

1.保证情报材料安全。

2.绝对不要暴露身份。

小笔记本上的材料彻底毁掉后，任远并没有松一口气，因为他明白，还有一个巨大的危险因素存在。那个危险因素就是他自己。

为了进一步保证自己的身份不被暴露，以及确保自己掌握的情报安全，他决定采用一个最为可靠且万无一失的方法。

二

只要他活着，身份就很可能被暴露；只要他活着，他所掌握的情报，就有泄露的可能。

因此，任远做出被俘虏后的第二个重要决定：自杀。

一个人想要活着，需要克服很多困难，想要死去，同样不简单。像任远这样身负重伤、行动无法自理的人想死更加不容易。

任远迅速对自己的情况进行分析，以他现在的状态，有一个方法，可以让他死掉：喝水。

这是因为人体受重伤出血后，身体里的血容量不足，会出现口渴的感觉，其实这并不是真的口渴。如果在这个时候大量饮水，就会导致血液中的电解质被稀释掉，使血压急速下降，还会抑制内源性补偿。

血液运输氧气的功能也会受到影响，可能会使组织细胞出现供氧不足的情况，导致一些不必要的病变发生。

轻者伤势加重，重者死亡。

于是任远想方设法喝水，没想到却被敌人识破，被更加严格监管。

接着，任远等一百五十余人被押送到丰润县城。

日伪军为了彰显军功，威慑百姓，安排任远等人步行进入丰润县城。

面对这游行示众一样的侮辱，任远等同志抬头挺胸，毅然前行。

敌人这样的举动，也为后来营救任远的行动带来一个有利条件：

潜伏在丰润县城内的我方地下交通员观察到了任远，确认了任远被俘且还活着的重要情报。

把任远等人关押到丰润县城监狱后，日方对他们进行了严酷的审问，并同时进行招降。任远把握各种机会寻死，都没有成功，他暂时用已经牺牲的警卫连连长刘建华的身份来应对敌人。

在此期间，因为各种惨无人道的折磨，任远的双手已经被彻底打残，连吃饭喝水都无法自理，于是敌人安排狱中难友李永负责喂食。李永同志是我方潜伏的地下交通员，但这时的任远并不知道。

经受各种严刑拷打，任远都没有屈服，他以刘建华的身份进行抗争，还尝试激怒敌人以求速死。

就在任远为速死而努力时，一个彻底改变他接下来的计划的人，在敌方的保护下，由唐山被送到丰润县城。

三

这个人叫张铁安，是我方潜伏在唐山的一名重要地下交通员。

张铁安已在被捕后叛变。

日伪方在杨家铺战斗后，专门把他从唐山送来，辨认被俘的人员。

在张铁安的指认下，任远的第二重身份和化名暴露：冀东军区联络部部长刘杰。

敌方得知俘虏中竟然有这样的高级干部，惊喜非常，当即就派日方1420部队的宫下大尉、宪兵队队长川上大尉亲自前来审问。

这一重要情况，还被上报给日本关东军军部，军部下令，要求关东军华北特遣队一定要从任远身上找到突破口，获得冀东军区的各种重要情报。

敌人一开始的目的是劝降，因此对任远比较客气，把他调整到一个条件好一些的牢房，不断地威逼利诱，但任远坚决拒绝投降。

随着这一身份的暴露，任远再一次决定：必须想办法尽快死掉。

因为威逼利诱不成，敌方肯定会找来更多的叛徒辨认，会用更加恶毒的酷刑折磨自己。

在自己清醒的时候，任远能够保证自己不会透露半点对人民、对国家、对组织不利的情报，但在人事不知的昏迷状态下，自己无意识吐露机密怎么办？

在其他叛徒的连番指认下，自己的另一个重要身份暴露怎么办？

这时候的任远，通过一些手段已经试出李永的地下交通员身份，并确定他这个人可靠。

考虑到这些情况，任远当天深夜叫醒李永，低声向他说明情况："敌人已经查明我的身份，必然不会放过我，我不可能出去了，为了保护组织，减少同志们的危险，我必须死掉。我现在命令你，用挂毛巾的麻绳，把我勒死。要快！"

李永听后大惊，不断进行劝阻。

任远再三坚持，同时做了两件事：

1.在墙脚的隐秘处，写下"以身殉难"四个字，既表明自己自愿赴死的决心，也为后续李永向组织交代情况留下佐证。

2.给冀热辽区党委书记兼冀热辽军区司令员、政治委员李运昌同志写下两段遗言，让李永设法带回。

李永只能执行任远的命令，于是用麻绳狠勒任远。

任远被勒得窒息将死，完全失去意识，手脚却由于身体本能反应抽搐，发出声响，引起敌人的注意。

李永本就不愿意勒死任远，这时也不想让敌人发现，于是住手，任远因此没有成功被勒死。后续敌人检查时，虽然没有明确发现任远的意图，但也意识到有问题，就将李永调离任远的牢房，另外安排人员加强对任远的监视，甚至连上厕所，都贴身跟着。

接下来，任远又多次寻死，但都没有成功。

面对敌人越来越严酷的审讯，以及这种求死不能的局面，任远不得不做出被俘后的第三个重要决定。

做出这个决定，对于任远来说，是比死还要难受和痛苦的，他也知道做出这个决定，将要给他带来什么，那很可能是比死还要凄惨千倍万倍的下场。

但做出这个决定，是他在当时情况下，唯一的选择。

四

第三个重要决定，是假意变节。

做出赴死的决定，任远没有丝毫犹豫。

但做出这个决定，任远辗转反侧了很多天。

死，还能保证他接下来的人生，是一条清白的直线。假意变节，则很可能不会再有任何人知道他的苦衷和接下来的贡献，所有之前属于他的一切，不仅都会归零，还会走向一个悲惨至极的深渊。

做出这个决定前的几天里，白天他经受非人的折磨，晚上他回顾已经走过的那些岁月。

他原名叫马嘉善，后改为马耀武，1919年10月生于陕西绥德。

1935年10月，十六岁的任远目睹中央红军长征到达陕北，看到红军严明的军纪风貌，以及到来后对于当地整个社会的改造，他深受触动。

找到机会，他赶到王家沟，提出要参加红军，中共王家沟区委对他进行考察，明确了他参加革命的决心。

在了解到他当时正在反动派统治区域（即白区）绥德师范学校上学后，当即决定，对他进行秘密培训，让他利用学生的身份优势，先返校开展地下工作。

从那时起，一个一心想要加入红军的热血青年，就踏上了一条和他想象中截然相反的地下斗争战线。

1937年11月，由时任中共绥德县委书记黄静波介绍，任远加入了中国共产党。

1938年1月，任远前往延安陕北公学学习。其间他表现出了出色的组织能力，先后发展了二十多名党员。

虽然学习期限只有一个月，但毕业时，因其在政治上可靠，并在各方面表现优异，任远被组织选派至苏联学习坦克相关军事技术，由最高领导人的弟弟毛泽民带队。然而任远一心想留在国内参加革命，为此他特意向陕北公学校长提出申请，才得以留下。

之后，他转到抗日军政大学学习侦查保卫专业，从此进入情报部门工作。

不久，他被组织选调到陕甘宁边区保安处第一期保安干部训练班，进行专业情报工作训练。训练班的授课老师有陈云、李富春、徐特立、李克农、潘汉年等。

训练班毕业后，任远被派往晋察冀革命根据地从事情报收集工作，为便于接下来的地下工作，当时叫马耀武的他，给自己起了一个化名——任远，任重而道远。

昔日场景历历在目，那些热血燃烧的岁月，那些可以铭记为功勋的业绩，都很可能随着"变节"这个决定，荡然无存。

在牢房里纠结痛苦的任远，想到的是当年培训班上，他敬重的老师潘汉年的一堂课。

潘老师在课堂上说："一个优秀的情报人员，在任何时候，都不能背叛自己的底线，哪怕是付出生命的代价，也要坚守自己的理想。"

课堂上有学生问："那要是愿意付出生命的代价但没法付出，想死都死不成，该怎么办？"

潘汉年于是郑重地讲："情报人员的使命并不是在被捕之后就告终结，被捕后要学会在法庭上、在监狱里同敌人做殊死斗争，善于用'狡猾'的手段对付敌人，当敌人没有充分掌握确凿证据时，机智地采取假供、乱供，来应付敌人的审问。"

这些话，让被俘后求死不能的任远，找到了接下来的工作方向。

那是一条没有上线指示，也没有下线对接，全靠一腔孤勇奋战的漆黑险路，是他一个人的绝地反击战。

下定决心后，任远准备从敌人迫切想要通过他获得情报的动机着手，合理隐秘地布置一些情报陷阱，借敌人的手，除掉那些在冀东地区对我方构成威胁的心腹大患。

任远仔细思考他掌握的情报，很快，就确定了第一个目标。

五

这个目标就是：驻山海关的伪警备团团长张爱仁。

1944年，不少为敌方卖命的人，已经看出日军露出颓废之势，他们并不想给鬼子陪葬，一些脑筋灵活的人开始频繁和我党地下组织取得联系，准备给自己留条后路。

驻山海关的伪警备团团长张爱仁就是其中之一。

他想办法联络上我党的地下组织"燕山部队"（即冀东东北情报联络站，站长为任远），表明向八路军投诚的意图。

冀东东北情报联络站在请示冀东特委后，由任远专门来到秦皇岛和张爱仁进行秘密洽谈。

张爱仁表现得非常积极，还提供很多情报和物资以表决心。

我方于是和他约定接应警备团起义的时间、地点等，但任远对张爱仁并没有绝对信任，在安排准备工作的同时，还派出人员提前到约定地点和秦皇岛等地搜集情报。

起义当天，张爱仁按照约定把警备团开往平市庄，我方也派出八路军第十二团前往接应。

但极为反常的是，张爱仁没有把他部具体行进路线和接头暗号及时告知我方。

任远觉察出问题，当即询问派出去搜集情报的人员相关情况。

得到反馈，秦皇岛的日伪军大举出动，驻地日军主官武田派出两个大队，还有坦克和骑兵，正在向平市庄包抄过来，企图将我军一网打尽。

情况万分危急!

为表示对张爱仁警备团起义的重视，我方在冀东地区的最高长官李运昌司令，当时正在平市庄第十二团，准备亲自接应张爱仁。

一旦让敌军围攻平市庄的阴谋得逞，不仅第十二团可能全军覆灭，李运昌司令的安危也不能保证。

任远迅速给李运昌司令发报，要求他带着部队立即转移。

千钧一发之际，我军严明的军纪起到关键作用，只用极短的时间，就全部从平市庄安全撤离。

两个小时后，敌方大部队赶到平市庄，却扑了个空，只能悻悻然收兵撤退。

因为张爱仁的首鼠两端，我军第十二团差点全军覆灭，地区最高长官差点遭逢不测。

于是任远假意变节后，把他列为第一个要借敌手除掉的目标。

被俘敌营，自身都难保的情况下，要怎样除掉张爱仁这个伪警备团团长？

任远深思熟虑后，开始着手一步步开展这个只有他一个人知道、只有他一个人执行的极限计划。

六

这个计划分为三步。

第一步，自然过渡，改变状态，由之前的一味求死，转变为愿意合作。

在敌人接下来的审讯中，任远把他求死的意图隐藏起来，开始提出一些吃喝要求。

敌方的审讯人员，很快发现这一情况，认为他们已经攻破任远的意志防线。

接下来敌方改变对任远的策略，先是不仅满足任远提出的要求，还特别安排，从衣食住上，都做了改善；然后故意当着他的面，枪毙那些不屈从的我方人员，用鲜血和恐怖进一步震慑任远。

任远也如他们所愿，逐渐表露出合作的态度，这让敌方感到很振奋。

第二步，取得敌人信任。

当敌方询问我方的地下组织之时，任远便精心编造一张伪满洲地下情报网，精确到具体人名、住址、代号、建立时间、联络方法、联系人名及其具体任务。

在编造这张情报网时，任远体现出他作为情报专家的超高水平。

他把情报网里涉及的相关信息，拆分成几个部分，采用虚实相结、真假并存的方式，把一些关键的材料，替换成他编撰的或者从其他地方嫁接过来的内容。

以至于当敌方把这张情报网交给他们的情报专家进行鉴别时，都没有发现什么破绽，尤其是其中涉及的一些数据，都十分详细。

这张虚假的情报网，不仅让审讯他的宫下大尉大感吃惊，还引起敌方的高度重视，因为从这张情报网来看，一向被日本视为铜墙铁壁的伪满洲国内，已经遍布我方的地下情报组织。

按照这张情报网，敌方立即着手安排清剿。

整个清剿过程，进一步验证了情报网的真实性和准确性，只是每一次清剿都因为这样那样的问题，并没有什么实质性的收获。

比如，情报网提及的地方是真的，存在地下党组织也是真的，但整个点已经撤出；情报网提及的点还在，地方也在，但抓获的人员，一审发现都是已经叛变的。

这样无功而返的事情，屡屡发生，让敌方人员大为光火。

主要负责人宫下大尉，本来希望靠任远提供的这份百科全书一般的材料，立下大功，没想最后竹篮打水一场空，他非常愤怒，找到任远，威逼他一定要交出及时准确的情报。

第三步，拿下张爱仁。

任远表现得非常纠结，在宫下的万般要挟下，才告诉他一个"至关重要"的情报：

山海关警备团团长张爱仁是八路军布置下的一个重要眼线，为了让张爱仁能够得到敌方的深度信任，八路军配合他执行了上次的平市庄起义活动。

为什么后面八路军能够顺利撤走呢？

任远编了两个理由：

1.那本身就是计划的一部分。

2.八路军进入和撤出，和日军到达平市庄，存在几小时的时间差。

宫下大尉听完任远所说情报后，并没有完全相信。

任远随即又交代了一条：张爱仁派到冀东军分区的联络员江东，本身就是共产党杰出的地下工作者，在杨家铺突围时作战英勇，为了保护区委领导壮烈牺牲。

其实这个江东是彻头彻尾的叛徒，已经被任远亲手击毙。

结合这关键的一条，宫下大尉再让日方情报专家进行分析，发现任远提供的关于张爱仁的全部信息都能严丝合缝，分毫不差。

前几次根据任远的情报去清剿地下组织，有时因为时间的原因被耽搁，这次宫下大尉再不敢有任何延误，立即下令，将张爱仁这个"共党卧底"抓获，一番严刑拷打后，送到东北煤矿做苦工。

成功除掉张爱仁后，敌方对任远更加信任，不仅把他从牢房放出来，还安排他住进唐山富商苗圃如的豪宅。这里面有十几个小院子，住着不少先前投敌的汉奸。

任远并没有被眼前这极其优越的物质条件蒙蔽，而是做出被俘以来的第四个重要决定。

这个决定一经想起便引发他的切齿痛恨，也是导致他被俘敌营的直接原因。

七

第四个重要决定：查清泄露杨家铺情报的叛徒。

任远首先利用他现在的身份，打听敌方有哪些人因为杨家铺战斗获得嘉奖。

逐一进行排查后，发现获得敌方奖励的主要是直接参与战斗的人员。

直到任远费尽心机查到一份战报，才把杨家铺情报泄露的前后梳理清楚。

1944年10月15日晚，日军在巡逻中抓到冀热边特委原第四地委书记丁振军部下的一名侦察班班长。这名班长宁死不屈，不断剧烈反抗，最终被枪杀。

日军随后对其尸体进行搜查，发现一封送给路北丰润境内何家营一带的通知参加三级干部会议的重要情报。

根据情报内容，日军掌握了冀热边特委在杨家铺开会的相关情况。

日军当即着手制定了一个极为恶毒的计划，由独立八旅在16日秘密集结数千兵力，于16日晚进行突袭。

此次突袭，对我党干部队伍造成了不可挽回的重创。参会的同志，每一个都是我党当时本就匮乏更显宝贵至极的行政干部，他们无一不是经验丰富、能力出众的骨干精英。

他们就这样倒在了黎明到来前的黑暗时刻。

这是抗战时期八路军损失最大的一场战斗，不仅对当时我军力量造成了不可挽回的损失，甚至对接下来整个华北地区的抗日战争、解放战争，乃至于对之后新中国在这一地区的建设工作，都有着非常严重的影响。

惨烈的战况向上级汇报后，时任晋察冀军区总司令聂荣臻痛心不已地总结：杨家铺战斗，是我军在华北抗日战场上的一次罕见且损失重大的战斗。

没有人泄露情报，甚至到最后一刻，丁振军的侦察班班长都在和敌人做殊死抗争。

他有错吗？没有错。

但情报工作并不会因为人死，而停止。

通过杨家铺惨案，就可以看出来，这是一个血的教训，保密工作不应该有丝毫松懈，保密纪律应该贯彻到底。

如果送信的侦察班班长明白这一点，严守保密纪律，在遇到变故时，讲究方式方法，先行毁掉机密信件，这次惨案或许就可避免。

还有就是我方人员的情报意识淡薄，如此重要的情报，竟然没有进行加密。

查清杨家铺战斗的情报泄露原因后，任远对于情报人员的身份和职业操守，有了更进一步的认识。

他也利用当时已经获得敌方信任的条件，继续像除掉张爱仁那样，除掉其他一些将会对我方造成威胁和伤害的汉奸。

任远给敌方情报，说秦皇岛的驻地日军主官武田，是一个利用八路军间谍私运烟土、中饱私囊的奸商。

敌方着手调查，发现武田果然曾经收受伪保长杨俶波的大量烟土，还私自放了被捕的八路军交通员杨炳康。

为了谋取巨额利润，武田还把当时极其稀缺的药品卖给了八路军。

一经查实，没过多久，日本宪兵队就以勾结八路军、走私烟土的罪名将武田逮捕，押回日本。

任远还设计情报，让曾经指认他的叛徒张铁安去接洽，以此佐证张铁安实质上是我方布置在敌方内部的重要内线。

敌方经过一番查证，发现果然属实，于是下令将张铁安逮捕枪毙。

经过任远多次这样有目的性地"泄漏"情报，不少叛徒和汉奸被敌方误认为我方组织的重要人员而遭抓捕清除。

有了这些实实在在的业绩，敌方认为任远是死心塌地的"变节"，因此逐渐放松对他的监管。

任远自由活动的范围扩大后，他在被监视的住处附近，意外发现一个重要的人物。这让他非常激动，一番深思熟虑后，他做出了被俘后的第五个决定。

八

第五个决定：逃走，重回组织。

这个促使任远做出决定的重要人物叫张家声，此人曾因掩护冀东党委书记李楚离被捕，出狱后假意与组织脱离关系，实际上一直暗中继续从事地下工作，并被委任为唐山情报站站长，由任远单线领导联系。

因为张家声的出现，已经脱离组织的任远，再次和组织建立联系。

从张家声处，任远了解到自己被俘还活着的消息，冀热辽区党委书记李运昌已经知道，并亲自过问，高度重视。

组织上一直在外线筹划、安排营救工作，张家声就负责两面传达消息、积极安排营救任远的任务。

这让求死多次、被困敌营的任远，激动兴奋，受到极大的鼓舞。

按照计划，我方人员提前用一笔巨款贿赂日军宪兵队，让他们放松对任远所在豪宅的看管，并不告知受贿人员，我们要救谁。

1945年2月18日，任远如同平常一样，正常吃饭活动，等到跟在身后的监视人员放松警惕后，他迅速按照之前预演过无数次的路线，把人都绕开，然后通过一处密道，赶到张家声住处，希望能够尽快出城。

但张家声并不在家，好不容易逃出来的任远，绝望至极。

这一次如果不成功，被抓回去，之后肯定再无机会逃跑；并且他的逃跑举动，必然会引起敌方的怀疑，很可能不会再相信他后续提供的情报。

我方组织营救任远，是多条线同时开展。

其中还有一条并不那么可靠的线，是王新民。

王新民，原名鲁宁，曾任中共某抗日根据地的县委书记，后被俘叛变，但释放后经组织争取，又重返革命队伍。不幸的是，他再次被敌人发现，受到严刑拷打，再次叛变，并出任敌方开滦煤矿高级职员。

任远被俘前，曾经想联系王新民开展情报工作，但组织说不要联系，意义不大，因为他多次叛变，敌人已不重用他，不会让其知晓重要情报。

任远被俘后，在唐山居住期间，王新民曾经向任远透露过，组织也安排他配合营救，如果任远有危难，可以找他。

当时的任远，万般无奈之下，只能赌一把，选择相信王新民。

他当即赶往王新民家，匆匆地向他说出自己现在面临的危急情况和请求。

两人之前并没有太多的接触，但王新民当即表示，愿意尽全力帮助任远脱困，出城，返回根据地。

首先要做的就是出城，因为一旦任远逃跑的消息上报，敌方封城搜索，那接下来就凶多吉少了。

王新民为了让任远放心，还告诉他，组织上和张家声都已经提前向王新民提出要求，必要时，全力帮助任远脱困。

为了不引起敌人注意，王新民决定放弃家人，只带上任远，两人以办事的名义出城。

王新民的妻子和年幼的女儿，知道这次分别后，再要相见是非常困难的。

临走时，王新民的妻子拿出一个金戒指递给王新民，告诉他，以后若是想家人，就拿这个当个念想。

王新民和任远都知道，这种时候拿出的黄金饰品，除了王妻口中说的念想，更多的是可以当作盘缠或者遇到危机时贿赂的用品，留在手里的可能性并不大。

王新民抱住妻女痛哭，泣不成声。

任远也流着泪，叮嘱劝慰王妻："大嫂，你放心带好两个女儿，我们会时刻惦记你们的，多保重，根据地见。"

王新民出门找来两个人力车夫——这两人也是组织上安排接应任远逃亡的可靠同志。

四人两车出发，为不引起注意，王新民的妻子和女儿不能送一步，只能站在门口挥手。

两个车夫同志拉车送他们快速出城后，又朝城北走出七八里，到达丰润公路后返回。

任远自始至终都不知道这两个送自己逃出敌穴的同志的姓名。

后来王新民告诉任远，那两个同志，也永远不会知道他们送出城的是谁。

在那个年代，有千千万万这样的同志，以各种平常至极的身份潜伏着，执行着他们毫不知情的任务。

任远和王新民下车后，从一条小道步行，路上遇到一队日本巡逻兵盘查，王新民以开滦煤矿出来催货人员自称，拿一本假证件，骗过敌人的询问，顺利脱身。

两人一路前行，一直走到下午4点，才步行抵达八路军驻地刘家营，成功逃出敌笼，重获新生。

在任远脱险后，张家声仍留在唐山，未受日伪威胁。

张家声此前被日军抓获曾有泄密行为，但仍继续为中共做地下工作。

当时情报工作的确复杂，被抓捕后迫于日军强行逼供，有的暴露重要秘密并替日本人干事，有的虽然也泄露部分党内秘密，但释放后仍与党组织联系。

张家声虽然有泄密行为，但并未泄露重要秘密。

王新民护送任远回到根据地后，被安排住进了边区政府招待所。

后来，因为他曾经有过两次被俘与叛变经历，又被安排到政训班，一边接受培训，一边接受审查。

审查过程中，王新民因"叛徒"身份被革命群众打死，其贴身藏着的金戒指也在混乱中不知所踪。

王新民再也没能回唐山，再也没能见到他的妻子和女儿。

任远后来在回忆中说："其实他叛变时泄的密也没对党组织造成什么破坏，因为他供出的人都在根据地，日本人抓不到。"

王新民确实当过叛徒，确实没有做到坚定不移。

不过，他在叛变后的招供材料里，做了很大程度的保留，还在一些关键点上给敌人造成误导，后来又有重回革命阵营的意愿，且在营救任远的过程中起到至关重要的作用，表现出义无反顾的忠诚意志和英勇精神。

这样的人物，在那个时代，还有很多。

他们并不是一成不变的好，也并不是彻头彻尾的坏，只是被时代的激流挟裹的一个个活生生的人。

但有一点是可以肯定的，他们为新中国成立的伟大事业，都做出了贡献和努力。

1945年2月，任远结束四个月的被俘与监控生活，重回冀东根据地。

他书写了三份交代被俘经历的书面材料，接受组织为期一年多的审查。

1946年7月1日晋察冀中央局主要负责人刘澜涛、李葆华、许建国、姚依林等人共同审查讨论后，正式做出恢复任远党籍的结论。

结论中称任远在"被俘期间政治上没有原则错误，工作一贯积极负责，相信本人交代，决定恢复组织生活……如发现新的情况，另行处理"。

正式恢复组织生活后，任远被降级使用，担任张家口公安局二科副科长。

在解放战争时期，任远表现积极，在抓捕国民党潜伏北京间谍郑介民和上将特务张荫梧的过程中发挥了重要作用，李克农为此点名让他从北京公安局调到公安部。此后，他还参与了秘密护送最高领导人首次赴苏。

1952年，他的"被俘"问题再度被提，十余年间，不断地审查鉴定汇报，几乎占据他接下来的所有时间。

1964年，任远参与新中国第一艘核潜艇的设计与研发工作。

1974年，中央三办专案组曾从沈阳日本关东军处找到任远的档案，内容和任远当时向党组织汇报的基本一致。

2019年，任远老先生以百岁高龄在北京逝世，他的传奇特工一生，也落下帷幕，但他的这些经历，会永远给我们警醒。

…………

从来就没有什么理所当然的岁月静好，只是有人在无数个不为人知的时候、不为人知的地方，默默地替你我负重前行。他们中的许多人，就那样悄无声息地逝去，奉献出热血和生命，只为打破那时的黑暗，迎来今时今日的幸福光明。

珍惜当下的美好，不忘先烈，砥砺前行。

参考资料：

任远：《红色特工忆往事》，金城出版社，2011年。

东北险案

"女军火大盗"的功勋

这些不让须眉的巾帼，用实际行动告诉人们，

红颜不是胭脂染红，而是热血浸透。

这件险案发生于1940年，当时的国内形势异常严峻，正处在全面开展抗日斗争的关键阶段，八路军平均每天要与敌人进行四十余场战斗。

在艰苦卓绝的战场上，八路军一直面临非常心酸的困境，就是武器稀缺。

许多八路军战士没有枪，就算有枪的战士，子弹的配给数量也非常少。

这导致八路军打仗形成一个特点，为节约弹药，三轮射击过后就发起冲锋，很多八路军战士只能用大刀和长矛去跟装备精良的日军搏命，以期尽快取得胜利。

与之对应的惨烈代价是我方牺牲人数大大增加，无数个年轻鲜活的生命就这样倒在敌人的枪口下，非常让人痛惜。

军火的重要程度，和生命相当。

但就是如此艰难的情况下，八路军还是发起了声势浩大的抗日壮举——百团大战，极大地振奋了全国人民的抗战信心。

反动派、日寇、汪伪政权在感到不可思议的同时，也意识到其中的一个重要问题：八路军的军火是从哪儿来的？

通过一番严密调查发现，从1937年起，撤到关内的东北军各级营地，军火库经常发生严重被盗现象。

经过数量清点，许多武器弹药跟登记存档相比，缺口巨大。

东北军军火频繁失窃的消息传出，当时的报纸争相报道此事，将其称为"民国最大军火库被盗案"。

反动派扬言，一定会将"军火大盗"缉拿归案，日寇更表示要不惜一切代价除掉给八路军提供军火的人，汪伪政权同样投入大量人员调查此事。

最终查明，做下这宗惊世大案的军火大盗，竟然是一个军官太太。

来自反动派、日寇、汪伪政权三方面的敌人，或明或暗全部出动，直接包围军官太太的部队驻地，实施抓捕剿杀。

民国最大军火库被盗案就此告破，举世震惊。

但关注度如此之高的一个案件，后续发展却比较奇怪，两个关键信息并未被披露：

1.一个养尊处优的军官太太怎么会成为军火大盗，并且暗中帮助八路军？

2.案件告破时，她是死是活？

自从宣告案件被破后，涉案主犯似乎一下从人间蒸发，再也没有出现，导致和案件相关的记录，都只能含糊其词，不了了之。

直到五十多年后，辽宁省委干休所一位九十多岁的老人临死前的一番讲述，才让这宗民国最大军火库被盗案的始末得以解密。

构成这起险案的核心是：一本书，三个人。

在对敌抗战的残酷岁月里，有的人付出了汗水、泪水，有的人付出了青春年华，有的人付出了热血，甚至付出生命，而这个女军火大盗，付出的是整个人生。

一

"民国最大军火库被盗案"发生前，八路军获取军火主要通过七种方式：

1.国民政府发放。按照国共合作协定，八路军属于在编正规序列，武器补给等都由国府发放。不过国府发放武器，维持的时间并不长，后来看八路军发展迅猛，国府就以各种借口拖延，乃至不再给一枪一弹。

2.缴获。通过和日伪军作战，获胜后战场缴获枪支、弹药等。

3.收编。通过收编一些拥有军火的武装势力，获得人员和武器装备。

4.向民间购买。

5.向国府、日寇、汪伪三方购买。

6.自有兵工厂生产。具有代表性的为黄崖洞兵工厂，但由于设备落后和缺乏生产原材料，生产的武器并不十分先进，维修占比较大，生产的弹药多是土手榴弹、复填弹药等。

7.苏联以及其他国外渠道援助。

对于发展越来越快的八路军，随着战况越来越复杂，这七种方式，要么不能稳定地可持续供应，要么供应的武器弹药不能满足所需，要么造成我方大量的人员牺牲，要么就得付出大量的钱财。

军火物资的补给困难，情况严峻，八路军的后勤保障部门全力以赴、殚精竭虑，但仍旧没有想到合适的办法，毛主席对此做出批示：另辟蹊径。

结合八路军当时需要的军火情况，理想化的军火供给渠道应该满足三点：

1.稳定且持续性好。

2.质优量大。

3.这一点尤其关键，并且很不符合情理：不要造成人员伤亡，要少花钱，最好不花钱。

因为这个时候的八路军军费并不多，部队的基本物资供给，靠的都是发动全军上下开展大生产运动，不像之前在苏区时，能够通过做钨矿生意从军阀手中获得大量银圆。

这可把当时中央政府财政部部长、陕甘宁边区政府主席林伯渠难住了。

武器弹药质优量大；稳定供应；少花钱，最好不花钱。

在这几个条件限定下，要尽快解决八路军面临的军火短缺问题，真是比登天还难。

以正常方式，肯定不可能办到。

林伯渠就把目光转向我们的地下战线，查询大量地下交通员搜集来的情报，但还是无法可想。直到一个王姓地下交通员报告的一份情报，让这件看起来没有任何完成可能的任务，出现转机。

二

要完成一个任务，找到合适的人非常关键。

从几个限定条件不难看出，要解决八路军军火问题，发生正面冲突不行，因为会造成伤亡，只能采用唯一的办法：暗中盗取。

能够完成这个任务的人，得具备两点基本要求：

1.忠诚可靠。

2.能接触并掌控大量军火。

当时国内拥有大量军火的军火库大部分在国府、日伪的控制下，林伯渠对掌握的情况进行分析后，发现没有合适的人能执行这个特殊的任务。

就在一筹莫展的时候，一份情报，引起林伯渠的注意。

这是一份"九一八"事变后，中共在东北发展地下工作者的情报，里面提到，一位叫高崇德的军官太太已成为我方人员，她当时的身份是：东北军116师647团团长吕正操的夫人。

之前都将注意力集中在国府、日伪的军火上，忽略了当时国内军火的另一重要来源：东北。

东北拥有当时亚洲最大的兵工厂：东三省兵工厂。

此兵工厂具备相当惊人的军火生产能力，可年产大炮一百五十门、炮弹二十余万发、步枪六万余支、机关枪一千挺以上，一个月即可装备一个整编师。下属的迫击炮厂，每月可制造迫击炮八十门、炮弹四万发。

除此以外，东北军因为财力雄厚，还大肆购买国外军火，组建了当时中国最强大的空军和第一支装甲部队。

虽然这时的东北军已撤入关内，但因为本身底子厚，再加上国府的重视，军火储备是非常充足的。

高崇德的丈夫吕正操，是张学良最为信任的心腹，高崇德本人也在东北军中担任要职。

以高崇德的条件，她是最适合完成这个任务的人。

但，她忠诚可靠吗？

三

　　高崇德，女，辽宁黑山县人，1904年生于一个普通家庭，从小性格就跟其他女孩不一样，不喜欢针织缝绣，而是像男孩一样喜欢嬉戏打闹。

　　平时爱读一些武侠小说，希望自己也能像小说里的英雄侠士那样，惩奸除恶，伸张正义，保家卫国。

　　高崇德成年后长得落落大方，家里也给她张罗婚事，想让她早日出嫁，但她看不上旁人介绍的那些人，因为她心仪的对象，应该是像书中那些英雄侠士一般的人物。

　　多次相亲不成，高崇德不堪其扰。

　　听说东北军第十六独立旅驻扎在黑山，高崇德当即离家，赶过去想要从军。但第十六独立旅是一线战斗部队，并不招收女兵，高崇德眼看从军不成，就和招募处的人争执起来。

　　异常的吵闹，引起第十六独立旅中校参谋处处长吕正操的注意，一番询问后，了解到高崇德参军的决心，就允许她入伍，和普通战士一样接受严格的训练。

　　吕正操想着等她挨不过训练的艰苦自己放弃，没想到高崇德不仅没有因为高强度的训练放弃，反而在训练中，以格外突出的表现，让所有人都刮目相看，尤其是她的枪法，打得又稳又准。

　　高崇德的表现，引起吕正操的关注，两人交集增多，彼此了解愈深，相互钦佩欣赏，情投意合，于1928年正式结为夫妻。

成婚后的高崇德，并没有做全职军官太太，而是继续在军中参与训练和战斗，凭借出色的功绩，历任连长、营长、团长等职。她对东北军的体系完全了解和熟悉，同样也了解东北军军火库的各项相关信息。

三年后，"九一八"事变爆发，怀着对日寇侵略者的愤慨，高崇德积极参加各种抗日救亡团体举行的活动，号召大家团结起来，一起抵抗侵略。

高崇德的爱国表现，被我方潜伏在抗日救亡团体里的一个王姓地下交通员注意到，从她异于别的军官太太的行为，意识到她是可以争取的对象，于是主动进行接洽，和高崇德探讨抗日救亡的相关事宜。

王同志把我党的一些主张、思想融入这些探讨中，高崇德对此没有抵触和反对，而是十分认可，还主动向王同志请教。

两人相谈甚欢，王同志还将一本名为《陶洛斯上前线》的苏联小说送给高崇德。

王同志所说的话，以及这本小说，都深深触动了高崇德的内心，接下来她开始了解马克思主义，了解社会主义，逐渐形成了坚定的精神信仰。一段时间后，高崇德被争取过来，成为我方同志。

从王同志报告的这些情报来看，高崇德忠诚可靠，是完全没有问题的，但因为军火任务事关重大，执行难度大，组织决定先安排两个其他任务给她以作考验。

四

这两个任务都和军火任务相关，但除了布置任务的负责人，其他人一开始并不知道。

第一个任务：组建秘密武装运输队。

东三省被日寇入侵后，东北军入关南撤，沿途出现大量散兵和伤员。

王姓交通员找到高崇德，让她建立一个收容处，用以收拢这些东北军散兵和伤员，然后以这些人员为基础组建一支秘密武装运输队。

这件事情已涉嫌严重违反国军军纪，重则可判死罪。高崇德知道这件事的巨大风险，但她还是义无反顾地去做了。

冒着杀头的危险，高崇德变卖自己的金银首饰，建立收容处，陆续收拢三百多名散兵和伤员，从中挑选出可靠人员，成功组建了秘密武装运输队。

出于实际需要，我方通过吕正操向高崇德安排了第二个任务：设法弄到联络电台。

高崇德接到任务后，当即展开准备工作。像电台这样的军用物资，管控非常严，普通渠道根本弄不到。她找到东北军五十三军副军长黄显声拿到常规军需的条子，亲自前往武汉等地，分散购置电台各个部件，再组装到一起，然后送到吕正操军中。

顺利完成这两个任务后，我方确定高崇德不仅忠诚可靠，还具备完成任务的出色能力。

接下来的关键，就是看她自己是否愿意执行这个任务。

五

暗中盗取军火，是一个执行起来极其困难、风险极大的任务。

其中的每一步都关乎生死。

这个决定，对任何人来说都是很难做出的。

王同志遵照组织指示，专门将高崇德带去见了一个人。

此人就是陕甘宁边区政府主席林伯渠。

高崇德非常激动，和林伯渠进行了深入交流。林伯渠赞扬了高崇德之前的表现，然后向她说明八路军当前面临的困境。

林伯渠把筹集军火的任务详细地告诉高崇德，包括其中的难处和凶险。

高崇德刚开始非常想要直接上前线杀敌，听过林伯渠的介绍后，意识到这个任务本身，虽然不像直接上阵杀敌那样壮烈，但也非常关键，关乎千千万万战士的性命，以及战斗的最终胜负。

她毫不犹豫地答应下来。

林伯渠接着将一个重要决定告诉高崇德：从她答应接受这个军火任务开始，高崇德接下来的所有地下工作都围绕军火开展。她需要利用身份和任何可以利用的渠道，全力为我方供应军火。

林伯渠强调，这件事事关重大，高崇德身份绝不可以暴露，所以她直接由林伯渠领导。

因为这件事情非常危险，保密工作极其重要，向谁都不能泄漏，最亲近的人也不可以。

任务刻不容缓，高崇德之前完成的两个任务，在这个时候也显现作用。

完成第一个任务时组建的秘密武装运输队，是军火任务执行时，非常关键的一环。

完成第二个获取电台的任务，则为获取军火提供了成功经验。

高崇德一开始执行军火任务，也完全沿用完成这两个任务的模式，先批到条子，然后分开采购军火，再统一组装后送往根据地。

执行几次后，却发现问题：

1.这样获得军火的周期较长，量也比较小。

2.用购买的方式，需要大量的钱财，也容易被查实和发现。

这两个问题该如何解决？高崇德想了很多，也试了很多方法，但都不行。

就在无计可施的时候，她看到一件女性最熟悉的东西，彻底改变了接下来"盗取"军火和运送军火的方式方法。

六

这件东西就是缝纫机。

高崇德发现，在东北军的一处军火库里，除了武器弹药，还有很多缝纫机。

问询后得知，缝纫机虽然不是军需物资，但却是非常有价值的硬通货：

1.是军方缝制制式服装不可或缺的工具。

2.流通到民间，有一定财力的人，非常愿意购买。因为缝纫机在当时属于先进的机械设备，有这样一台缝纫机，几乎就等于拥有一个裁缝铺子。

缝纫机虽然不是武器弹药，但因为非常容易换物资，也是一些军官们通过交易中饱私囊的重要物品，因此也放在军火库中。

高崇德在军火库巡看一圈，还发现非常关键的一点：因为缝纫机不属于军火，虽然也在军火库中存放，但进出的手续，不像军火那么严格。

了解到这些情况后，高崇德做了一个重要的决定，她先是申请建立691团后方办事处，下设三科一队，这符合当时的军队管理条例，因此顺利得到批准。

然后她在办事处下，筹办起一家缝纫机厂。这种性质的厂，并不涉及当时的违禁范围，在筹办过程中，高崇德还积极拉拢其他军官和军官太太不用任何投入就占股入伙，于是缝纫机厂很快办起来。

高崇德的这个缝纫机厂，一切正常，只有一点和别的缝纫机厂不同，那就是不设库房，所有的缝纫机都直接存进军火库里。

对此，高崇德给出的解释是：

1.缝纫机本身就是军队的重要物资，出于安全考虑放入军火库。

2.节省存储成本，可以更大获利，能够分给那些入伙的人更多的利润。

第一条顺理成章，因为之前那些缝纫机也是这样存放的；第二条因为和军火库的很多管理人员的利益相关，执行起来更是畅通无阻。

东北军各部当时执行国府下达的命令，参与战斗的情况并不多，大量的军火放在军火库中，多是成批装箱存放，变动并不频繁。

这导致后来的一些盘查，都只是走一个过场，很多国府定期派下来检查的人员，甚至都不进军火库，即便是进军火库，也是草草走一遍。

高崇德充分利用存取缝纫机时进军火库的机会，专门选择晚上到军火库存取缝纫机。

缝纫机运进军火库卸下来后，就趁机装上各种军火拉走，把装这些军火的木箱铁盒留在原处，表面上看起来一切如常。

有了缝纫机厂的掩护，大量的军火在神不知鬼不觉的情况下被运出来，再打着运送缝纫机交易的幌子，被畅通无阻地运进根据地。

因为整个过程非常顺利，一部分作为掩饰的缝纫机销售情况很好，意外地获利不菲，让那些占股入伙的军官和军官太太都得到不错的分红。

这样的情况被传扬出去，导致更多东北军军火库的负责人，主动找到高崇德，让缝纫机厂的缝纫机存放到他们的军火库，以此获利。

高崇德如法炮制，获得更多军火。有一些军火库发现军火丢失，也完全不会想到和高崇德的缝纫机厂有关。军火库负责人害怕担责任，就会以战损上报，然后申领新的武器弹药。

缝纫机厂的整体经营情况越好，从军火库中运走的军火就越多。

有一次运输途中，突然被一伙人拦住，正当高崇德以为自己偷运军火的事暴露，准备率部战斗时，那个她非常熟悉的王同志及时出现。这让她很惊喜，王同志接着将她带去见了一个人，高崇德见到这个人后非常意外和兴奋，但也随即面临一个比生死还要艰难的抉择。

七

高崇德随王同志去见的这个人，是八路军第129师师长：刘伯承。

刘伯承肯定了高崇德一直以来为我方运送军火的功绩，同时也提出一个非常迫切的请求。

因为抗日形势的变化，我军准备打一场覆盖面广、规模大的战役，目的是粉碎日军的图谋，打破其"囚笼政策"，克服国民党顽固派对日妥协投降的危险。

最关键的是，用这样一场大战役，让敌对势力对外抹黑我军在抗战中"游而不击"的谣言不攻自破。

战役名暂定为"正太路破袭战"，八路军总部拟动用的兵力为晋察冀军区十个主力团、第120师六个主力团、第129师八个主力团，加总部特务团共计二十五个团五万余人。

刘伯承所率的第129师，是八路军战斗力最强的部队之一。《亮剑》塑造的李云龙这个角色所属的部队就是129师。

在接下来这场大战中，129师将要和实力强悍的日寇正面交锋，急需大量先进的军火，尤其是一些杀伤力大的弹药，比如炮弹。

高崇德之前从军火库拿出来的武器弹药，都属于常规型，即便被发现，军火库的管理人员，也能用战损、训练损耗之类的借口搪塞过去。

但像炮弹这样的军火，当时管理极为严格。

比如129师装备的王牌武器苏罗通ST-5式机关炮，是国府在德国军事顾问的建议下向瑞士苏罗通公司购买的，平型关大捷之后，调拨了六门支援八路军，115、120、129师各分得两门。

这些炮弹每次使用，都必须得到师长亲自批准。

刘伯承等同志都知道从军火库盗取这样的武器弹药，会有怎样的风险：这是一个必然会暴露、会被发现的任务，只是时间早晚而已。

这完全是一个飞蛾扑火般的任务。

高崇德同样明白，但她还是义无反顾地答应下来。

偷运炮弹这样的军火，无论是从军火库取出，还是运输，要投入的精力都比之前偷运一般军火要多得多。

高崇德亲自设计每一次进入军火库的步骤和时间，运输过程更是全程参与，最终成功将迫击炮、炮弹等重火力武器弹药送到129师。

几趟任务执行下来，原本体重一百二十多斤的高崇德，消瘦得只有八十多斤，其所付出的精力、体力可想而知。

八路军于1940年发动正面抗击日寇的大规模战役。因为八路军扩军速度较快造成部队平均素质下降，三四万老红军的底子刚刚被严重稀释，同时严重缺乏武器装备和粮饷弹药。很多原来缺乏武器装备和粮饷弹药的队伍，因为得到高崇德运送的军火支持，都装备完整，弹药充足。原定计划是出动四分之一的主力部队实施这次战役。没想到战役打响后，许多部队自发投入了战斗，这让总部都始料未及。

根据总部后来统计，实际参战的队伍达到一百零五个团，几乎是当时八路军在华北的所有主力，实际参战兵力连同游击队、民兵共四十余万人。

在得知各破袭战参战兵力已达一百零五个团时，彭德怀说，干脆就把这次战役叫作"百团大战"！

百团大战的胜利，沉重打击了日寇的嚣张气焰，鼓舞了中国人民的抗战斗志，在我国抗日战争史上写下了光辉的一页，在国际上也产生了巨大的影响。

从歼敌数字看，八路军独自发起的百团大战不亚于1939年蒋介石部署全国十个战区七十一个师发起的对日冬季攻势的战果，如果加入歼灭伪军数字，八路军的战果还高于国军全军在冬季攻势的歼敌数字。这场战役大大提高了八路军的政治地位。

高崇德运送的军火，对于这次战役能够胜利起到的作用非常重要，尤其是在诸如关家垴战役这样的恶战中，高崇德运送的炮弹对最终获胜起到了关键作用。

百团大战声势浩大，国府、日寇、汪伪都疑惑八路军在战役中的军火来源，甚至猜测八路军私下很可能建立了一个巨大的秘密军工厂。

三方面都开始全面调查，得出的结果，却让他们难以置信。

八

哪有什么秘密军工厂，如此大量的军火，竟然都是被人从东北军军火库中盗出的！

国府震怒，反动派特务机关迅速展开了调查，发现整个东北军军火库都有军火失窃！在详细的排查下，发现所有被盗军火库，都跟缝纫机厂关系密切，当即对缝纫机厂进一步搜查，确定这宗军火盗窃案就是高崇德所为。

调查人员都不敢相信，一个养尊处优的军官太太，竟然做下如此大案。

国府当即秘密派兵前往高崇德的驻地，日寇、汪伪两方面的人，也都派出人员暗中前往，要将高崇德一举击杀。

高崇德敏锐地发现国府派来的军队，知道自己已经暴露，她并没有马上逃走，而是毫无所惧地和国府派来的军队对峙，斥责他们擅自进入自己的驻军地。

国府来人被她的气势震慑住，以为是搞错了，只能以换防的名义和高崇德交涉。高崇德严词训诫来人一番，并暗中安排人员将最后一批军火运出。

目送着运输队离开，高崇德知道她很可能就要牺牲，坦然回到驻地，将所有盗运军火的资料全部销毁。

面临即将到来的死亡，高崇德毫不畏惧。引导她走上革命道路的王同志送给她的那本《陶洛斯上前线》，主要内容就是，一个叫陶洛斯的苏联姑娘，为保卫新生的苏维埃政权，自愿主动奔赴前线，和敌人战斗，最终壮烈牺牲。

从做出选择的那一天，高崇德就明白自己早晚会面临现在的局面，也知道完全可能像陶洛斯一样牺牲，但她没有退缩，而是义无反顾地投身其中。

被高崇德震慑住的国府军，接到明确命令后，将高崇德部团团围住，并发动攻击，其他两方面对高崇德切齿深恨的敌人，也在暗处发动袭击。

在这样严峻的形势下，高崇德用电台发出秘密电文，汇报险情，并对以后不能再为我方提供军火致歉，然后拿起武器进行最后的战斗。

我方工作人员接到电报后，迅速上报，直接反馈到八路军总部。朱德总司令知道情况后，当即下令，要不惜一切代价将高崇德救出。

当地的地下工作者和距高崇德驻地最近的我方驻军迅速出动，经过惨烈的战斗，最终将身负重伤、奄奄一息的高崇德救出。

当时这宗民国最大军火库被盗案已经引起轰动，敌方各方面都严阵以待，誓要将高崇德这个女军火大盗抓住。

我方不得不启动一条极为秘密的地下通道，采用"灭蜡烛"运送方式，将高崇德运到延安。

"灭蜡烛"运送线，由一个个身份迥异的地下交通员构成，这些交通员接力将人或物送出，每人负责一段。完成任务后，"蜡烛"永不再启用。

就像一个人在黑暗中行走，为了不暴露行踪，每一段路，都会燃起一根蜡烛，这个人走过后，蜡烛就此熄灭，再不点燃。

高崇德被送到延安后，得到最好的治疗，毛主席亲自特批一间条件不错的窑洞给她居住疗伤。

因为各方面对她的追杀还在继续，为避免她遭到敌方毒手，从那之后，高崇德隐姓埋名，即便是其丈夫吕正操也没能再与她相见。

引导她走上革命道路的地下交通员王同志，也在后续的战争中下落不明，再未出现。

之后因为各种政治原因，以及出于对高崇德个人安危的考虑，并尊重她个人的意愿，高崇德的这一段军火大盗经历，也始终保密不宣。她就此隐姓埋名五十多年，直到1995年，将要离世时，才将当年那起民国最大军火库被盗案的情况说出来。

在讲述的过程中，高崇德依旧清晰记得对她影响深远并促使她成为这样一个"女军火大盗"的那一本书，以及那三个在这起军火险案中的核心人物：吕正操、王同志、林伯渠。

连她自己都忘了，其实这起险案中，还有一个最为关键的人物，那就是她自己。

在那个动荡且黑暗的年月里，像高崇德这样的女性还有很多很多，她们忘了自己在身体力量上的弱势，忘了身为女性的柔弱，为了这个国家，为了这个民族，为了千千万万受压迫被奴役的人，变得异常刚强。

这些不让须眉的巾帼，用实际行动告诉人们，红颜不是胭脂染红，而是热血浸透。

看啊，她运送军火走过的万山已红遍，那些山花烂漫似火，那些红蝶飞舞如焰，那些逝去的青春随风而归。

一切战火硝烟湮灭，坦然闲游于大好河山的倩影翩翩，应该是当年她们期待的那般。

参考资料：

1. 潘莹斌、童心射：《超级"军火大盗"高崇德》，载《党史天地》2000年第2期。

2. 薛光耀：《她在抗战中的故事——记黑山籍女党员高崇德》，载《党史纵横》1997年第10期。

3. 胡杨：《沉寂55年的超级女"军火大盗"》，载《新青年》1996年第4期。

乞丐的绝密

藏在字典里的情报

　　正是这些个人的牺牲、这些家庭的
牺牲，
　　像一根根柴薪投进凛冬和黑夜，
　　燃起烈焰，消解严寒，点亮黎明。

案子发生于1934年，当时正值中央苏区红军第五次反"围剿"战争紧张时期。

由于中共中央领导人博古和李德的战略错误，红军屡战失利，苏区日渐缩小。

不得已之下，中革军委派出红六、红七两个军团分别北上、西征。意在调动反动派的"围剿"军，以减轻中央苏区的压力。

但两方面的作战皆没有取得有利战果，未能达到预设目的。

10月初，反动派向中央苏区的中心区域进攻，迅速占领了兴国、宁都、石城一线。

红军的机动回旋余地更小了，在苏区内打破"围剿"已无可能，红军处在生死攸关之际。

是继续留在苏区和敌人战斗，还是撤出苏区暂避敌人攻势，中央面临两难抉择。

1.继续留在苏区，要面对反动派的强大"围剿"攻势，存在全军覆没的可能；优势是有比较好的群众根基，同时相关的基础建设也比较完善。

2.撤离苏区，不仅会给已经具备一定规模的红色事业造成巨大的破坏，还会使大多数已经在苏区扎根的人，产生背井离乡的恐惧，进而动摇革命信念。尤其关键的是，如果选择撤走，撤到哪里？怎么撤？没有明确的方向。

眼看着敌人的攻势越来越猛，在前线抵抗的战士牺牲越来越大，该如何决断迫在眉睫。

关键时刻，一份从江西德安发来的绝密情报，解决了中央面临的两难抉择。

这份情报十万火急，情报中强调，反动派针对当前中央苏区的形势，制定了一个要将苏区一网打尽的恶毒"铁桶围剿计划"，投入的兵力和将要开展的战略，都非常致命。

接到这个情报后，中共中央立即开会进行分析研究，发现中央苏区其实只有一个选择：撤离苏区。

因为实在太紧急，这份绝密情报是用电报发出的。

当时的电报能够发送的内容量并不多，情报比较精炼，信息有限。

如果苏区方面得不到国民党"铁桶围剿计划"详细布防信息的话，接下来，即便中共中央选择撤出苏区，也不知道该撤向什么地方，该如何部署应对战略。

稍有不慎，很可能就要付出极为惨重的代价。

眼看情况越来越危急，整个中央苏区却不知下一步该如何安排，只能眼睁睁看着恐怖的阴云笼罩而来。

就在这时，一个邋遢污秽的乞丐出现在瑞金，在昏倒前，他将自己手中的四本字典交到周恩来手中。

字典里藏着的详细计划，直接让中央确定下长征战略的大方向!

这名乞丐叫梁明德。

为了送出这四本字典，梁明德自残其身，他的家人也在被捕后失踪。

新中国成立后，周恩来亲自过问，列为专案专办，要求务必将他的家人找回。但接下来历经长征、抗战、解放战争，形势曲折复杂，梁明德的家人始终没有找到。

直到解放后，中央对此事格外重视，安排时任中共安徽省委书记曾希圣直接负责。

接到任务后，根据为数不多的线索，曾希圣挑选精明能干的共青团安徽省委书记项南配合协助。

当时新中国初立，百废待兴，各项工作都急待开展。

年轻有为的项南还有诸多重要工作要完成，面对曾书记安排下来的这个失踪案，他并不是很理解。

在黎明到来前的黑暗里，牺牲、失踪对于革命者而言都是寻常事，项南本人就和自己的革命家庭失散多年。

组织怎么就对梁明德的案子执念这么深呢?

但项南还是遵照组织安排，开始着手调查寻找。

只是，万万没想到的是，这一番调查寻找的最终结果，不仅让项南书记震惊，还使得曾希圣和他抱头痛哭，感动不已。

那么，引出这桩案子的梁明德同志，真实身份究竟是什么？

他与项南又有何关系？

一

梁明德，原名项与年，是中共潜伏在国民党反动派核心部门的一名机密特工。

1925年，梁明德在浙江石甲小学加入中国共产党。后由组织派往荷属东印度婆罗洲（今印度尼西亚加里曼丹岛）三马林达等地，担任党的支部书记，发展党员，建立组织，在华侨中开展工人运动，成为当地华侨华工的群众领袖之一。

在海外活动期间，梁明德没有透露任何工作信息，跟家人都说是在外做生意。

1927年，梁明德转入周恩来在上海创办的中央特科。

1929年，在海外工作多年的梁明德经组织安排回国，配合进行重要军事行动三打龙岩城。

战斗取得胜利后，梁明德回到阔别已久的家中。

开心激动的妻子王村玉见到梁明德两手空空，很疑惑，问他为什么在外做生意多年，却一点钱都没有赚到。

梁明德告知妻子，他做的生意虽然没有赚到钱，但给很多贫穷的农民分了土地。

文化不高但觉悟高的妻子，顿时明白，梁明德是做了共产党员。

她没有害怕、恐惧，而是提醒梁明德要注意安全。

不久后，为执行一项绝密任务，梁明德以南京华侨事务委员会科长的公开身份为掩护，带上妻子、十二岁的长子和刚满周岁的女儿前往上海。

他在上海勃生路创办复炎小学，自任校长。

一切按照组织要求安排妥当后，一个留着大胡子的地下交通员联系上梁明德，将他带到一个秘密联络点。

见到指挥这次任务的人后，梁明德非常激动，同时也深知这次任务事关重大。

因为这次任务的指挥人，是周恩来。

周恩来向组织挑选出来的梁明德等同志介绍了即将执行的任务：劫囚车。

原来，几天前，中共中央在沪西区新闸路六一三弄经远里十二号的一幢小楼里举行过一次重要会议。

原定主要参会人是周恩来、中共中央农委书记兼江苏省委军委书记彭湃等人。

会议的主要内容是把江苏军委的工作移交给江苏省委军委秘书颜昌颐。

会议以打麻将作为掩护。

因为叛徒出卖，导致五名参会人员被捕：彭湃、杨殷、颜昌颐、邢士贞、白鑫。

不幸之中的万幸是，周恩来因病未能参会，因此幸免于难。

事情发生后，中央震动，周恩来连夜召集中共中央特别行动科开会，研究营救措施。另一方面，派特别行动科负责人陈赓亲自去见国民党特务机关驻上海特派员杨登瀛，搞清楚事发的原因。

杨登瀛是我方潜伏进敌营的内线。

陈赓很快从杨登瀛处获取白鑫早已叛变投敌的情报。

与此同时，蒋介石下达了杀害彭湃等人的命令。

事态非常紧急，我方已来不及做其他营救工作，唯有劫囚车一种方法可行，因此才将梁明德等精锐特工召集于此。

经过连夜分析后，梁明德等人化装成各色人等，秘密潜伏在通往上海龙华警备司令部的路上，隐蔽在行人中间。

早晨天刚亮，押送彭湃等人的囚车经过，梁明德按照既定计划，准备劫囚车，却发现手里的手枪根本不能使用。

一番查看，梁明德发现了原因。这批手枪是"三民照相馆"老板范梦菊送来的，因为收到手枪时间比较晚，枪上的油脂未来得及擦干净，导致不能击发。

迅速将这一情况上报，周恩来权衡之下，只能忍痛改变计划，下达撤离的命令。

彭湃、杨殷、颜昌颐、邢士贞四位烈士就此遇害。

叛徒白鑫躲进反动派上海党部情报处处长范争波的公馆。

上海国民党机关报《民国日报》故意放出烟幕弹说："白鑫曾毕业于黄埔学校，前以受人之愚，误入共党，罪状较轻，已由蒋主席负责保出，已于前日带往南京，听其戴罪立功，以观后效。"

但中央特科知道，白鑫当时并未到南京。

周恩来与梁明德等同志商议，一定要在白鑫前往南京之前将其除掉。

二

中央特科指示杨登瀛掌握白鑫的行踪，同时，还利用以医生职业作掩护的柯麟与白鑫的熟人关系，找机会摸察白鑫的出没情况。

但白鑫非常狡猾，他深居简出，当时已不去找柯麟看病，而是约柯麟到他的住处去。

特科队员一时难以下手。

眼看时间已日渐紧迫，绝不能让白鑫逃走。

梁明德等把相关情报汇报给周恩来，并提出一个大胆的方案。

既然没有机会隐秘地把叛徒除掉，那就反其道而行，在众目睽睽之下执行任务，就在范争波的公馆门前处死白鑫。

1929年11月11日晚上十一点，霞飞路范争波公馆门前，特务头子范争波等人正簇拥着白鑫向一辆轿车走去。

叛徒白鑫是要出发去南京邀功领赏的。

就在白鑫举步要上车之际，公馆前面拐角处突然飞驰过来一辆黑色轿车。

嘎的一声停在公馆门前。

白鑫以为又是什么要员来送他，于是停步等着。车门打开了，从上面很快跳下来梁明德和其他两位同志。

众人这才反应过来是刺杀，时刻保持戒备的白鑫马上夺路就逃。

梁明德紧追上去，几枪将叛徒击毙，然后立即上车离开。

在大庭广众之下，惩杀叛徒，特科红队声名大振，让叛徒寝食难安。

梁明德在任务前和任务中的英勇表现，给周恩来留下深刻印象。

1933年，梁明德因表现突出，被选中前往江西执行重要潜伏任务。

他在国民党赣北第四行政专署专员兼保安司令莫雄的内应支持下，成功潜伏到了江西省第四保安司令部，任机要秘书。

1934年10月，蒋介石自南京飞抵庐山，召开五省军政要员军事会议，部署对中央红军的第五次"围剿"。

因为庐山正处于德安地区，所以时任江西省第四保安司令部司令莫雄也破格参加了这次会议并获得了详细的计划。

该计划在德国顾问指导下制定。

此次计划全部相关材料有三四斤重，内有《剿匪手册》《围剿总动员令》《铁桶围剿计划》及兵力部署、进攻路线、日程安排、战斗序列等图表文件。

每份文件上都打上蓝色的"绝密"字样，对领取材料的人员严加审核，严密监督。

计划的主要内容是：拟用国民党一百五十万大军，以中共苏区瑞金、于都、会昌、兴国为目标，在指定的某日同时从四面八方突然合拢包围。

其包围半径距中心目标瑞金一百五十公里，包围圈内划分很多编了号的区域，精确部署到哪支部队在何时何地必须到达指定的编号点。

并按规定在各区域布上铁丝网，预留缺口，装以鹿岩、柜马，构筑火力网工事及碉堡，分段建立粮秣、弹药仓库、医院、绑带所，以及有线电话网、中继站，等等。

一旦包围圈完成，各部队依照命令，每日向瑞金推进七至八里，每推进一里布上一重铁丝网，每五里筑一道火力网工事和碉堡线。

每月向纵深推进二十五公里，六个月便逼近红都瑞金，到时候，瑞金四周将竖起三百重铁丝网，三十道碉堡火力封锁线，以及难以计数的障碍物和地雷。

为防止红军突围，国军除严令各部防守所负责编号区域外，还配有一千辆军用十轮卡车运送主力部队，严防死守，进行拦截。

作为"铁桶围剿"的前奏，在包围圈尚未完成之前，国民党派出十二个师的兵力与红军纠缠，迷惑红军，争取包围部署的时间。

当包围圈形成后，这十二个师随即撤离，切断"铁桶"包围圈内一切除军事需要以外的交通，彻底封闭苏区，断绝红军的一切物资来源。

参加完庐山会议的莫雄深感事关重大，意识到这个计划关乎红军生死。

一回到德安，莫雄就找来梁明德、卢志英、刘哑佛等人商议。

看到计划后，所有人都震惊不已：如果这个计划顺利执行，中央苏区很可能被一网打尽。

几人当即决定，先将这个十万火急的情报要点，以加密电报的形式发往苏区，让中央早做准备，然后再想办法尽快把详细计划送往苏区。

电报顺利发出，接下来，要用什么办法将详细计划送出？

三

时间紧，任务又格外重。

几人经过连夜商量后，决定采用最可靠、最直接的方式：让一个人携带详细计划情报，送往瑞金。

从赣北德安到赣南瑞金，全程四百多公里，要经过永修、新建、南昌、丰城、崇仁、乐安、宁都、石城等数十个县，要翻越数座大山，多条河流，穿过几十道敌人封锁线。

选派的这个人要绝对忠诚可靠，并且具备非比寻常的忍耐力和决心，以及很强的随机应变能力。

因为之前梁明德出色的表现，以及他还会说客家话，最终确定由他将情报带往瑞金。

这一路上，要经过重重盘查，如此详细而重要的情报，肯定不能直接携带。

几个人深思熟虑后，找到一个绝佳的方法：把情报材料加密后抄写在当时常用的四角号码《学生字典》里。

其中最重要的军事标图则用淀粉液描到薄纱纸上，夹入字典中。因为内容量大，足足抄写了厚厚的四本字典。

为让带字典上路更加合理，梁明德装扮为一个教书先生。

准备妥当后，梁明德连夜上路，选定一条最快的路线往瑞金赶，越往前走，敌人的盘查越严格，为了避开哨卡，梁明德不得不走一些偏僻小路，遇到很多难以想象的困难和危险。

距离瑞金一百多公里的时候，梁明德发现"铁桶围剿计划"已经开始了。

敌人层层设卡，正常的通行方式根本行不通。

梁明德怀揣着那四本关乎红军生死的字典，他知道，早一分钟将情报送到中央，红军就多一分安全。

看着阻碍他前进的敌人哨岗，梁明德心急如焚。

连日不知疲倦地赶路，穿在身上的教书先生的长衫已经肮脏破烂，让他看上去非常狼狈。他本来准备拾掇一下，让敌人不至于怀疑他的身份，但看了一下自己这时邋里邋遢的状态，梁明德反而想出一个办法。

干脆就邋遢到底！

把身上的衣物全部扯烂，放在污泥、草丛里摔打，再把头发弄得蓬乱肮脏，往藏有字典的袋子里放进一些粪便脏物，让自己变得和乞丐一样。

一番处理后，确实很像乞丐，但梁明德深知这个任务不能出任何纰漏，于是干脆用石头硬生生敲掉自己的四颗门牙，也不进行任何处理，任凭伤口发炎肿胀。

经过梁明德的自残操作，他从一个教书先生，彻底变成一个浑身散发恶臭、面目肿胀变形的肮脏乞丐。

敌人虽然防守严密，但每逢"乞丐"梁明德靠近，往往恶心不已，避之不及。

梁明德把握机会，昼夜不停，不眠不休地赶路，到达瑞金时，他整个人已经完全虚脱、极度疲惫，随时可能晕倒。

强撑着精神，梁明德赶到周恩来驻地。当时周恩来正和中央的同志开会，商议接下来的对敌策略。

因为没有"铁桶围剿计划"的详细情报，周恩来等中央领导同志正不知该从何着手进行周全的布置。一部分同志，甚至开始质疑那份用电报发来的情报。

在这千钧一发之际，"乞丐"梁明德终于走到了周恩来面前。

看着眼前这个蓬头垢面的乞丐，周恩来实在不敢相信，他就是那个英姿勃发、风度翩翩、胆大心细，击毙叛徒白鑫的红队精英。

梁明德赶紧取出四本字典，并将情况进行说明，一番话说完后，他就晕了过去。

周恩来立即安排专业人员，从四本字典上誊抄下相关情报，发现事态比想象的最糟情况还要严重，中央三人团据此做出突围转移的决定，并且要确保我方人员赶在敌人"铁桶"合围之前跳出包围圈。

当天就开始执行，一刻也不能耽搁！

后来，很多重要领导人的回忆录都提到长征的决定很仓促、很匆忙，甚至连毛主席等都事先一点不知道，原因就在这里。

红军开始长征后，敌方终于意识到"铁桶围剿计划"的情报泄露了。

蒋介石震怒，安排组织大批特务调查搜捕我方地下工作者。

梁明德的妻子王村玉和小女儿被逮捕，长子因为在南京读书，躲过一劫。

王村玉被捕后，特务对她进行多次审讯，但王村玉文化程度较低，平时也不怎么过问丈夫的事情，对组织的情况知道得并不多。

不管敌人使用什么手段，她都坚称自己是个农村妇女，什么都不知道。

过惯苦日子的王村玉能够克服监狱的恶劣环境，但梁明德的小女儿，年幼体弱，在监狱中患上骨椎结核症，背部逐渐开始溃烂。

中共地下工作者积极营救，敌人在多次审问无果后，看到小女孩病情日趋严重，就将梁明德的妻女释放了。但当时梁明德小女儿病情已经非常严重，出狱后很快便去世了。

受到刺激的王村玉离开上海，之后再无踪迹。

梁明德的长子在南京完成学业后，也不知去向。

四

了解到梁明德的这些情况后，项南大受震撼。

震撼于梁明德送出的情报之关键，可以说这份情报直接挽救了红军；震撼于地下工作者为了完成任务不惜一切代价的献身精神。

项南之所以一开始对这个寻人案不是很理解，是因为他本人也和家人失散多年。

出生于革命家庭的项南，原名项崇德，在南京完成学业后，再回家时，发现全家人都不见了。

经过短暂的难过、无助、害怕、恐慌后，项崇德并没有就此一蹶不振，而是迅速投身到各种运动中，毅然踏上了革命的道路。

他从最基层做起，组织"明天剧咏团"，进行抗日救亡宣传。他出色的表现引起了共产党地下组织的关注。

1936年受党组织委派，项崇德到福建长乐从事革命工作。因为工作开展得好，造成很大影响，项崇德遭到反动派当局的迫害，不仅剧团被解散，他本人也被捕入狱。

在党组织与老乡的极力营救下，才幸免于难。

出狱后，项崇德为继续开展工作，改名项南，先是到广西桂林，然后辗转前往香港，并经由香港来到苏北新四军驻地工作。

1943年，苏北抗日民主根据地开展整风审干运动，每个干部都需要详细说明自己的家庭情况。

项南却说不清自己父母的情况，他只知道父亲是做生意的，家中常有很多陌生人来往，具体从事什么行业却又说不清。

每逢审查人员询问到家庭问题时，项南只能用"大概""可能"这样模糊的词语来回答。

再加上他入党前曾改过名字，如此经历自然引起怀疑，于是项南不得不面对反复的审查，这让他感到非常痛苦，承受很大的心理压力。

于是他对那个从小到大让他感到很神秘、后来杳无音讯的父亲很有意见。

一路陪他走来的同志，清楚他革命信念的同志，结合他对之前经历的一些描述，善意地提醒他，很可能他的父亲是我方的一名地下工作者。

项南对此并不确定。

因为我方的地下工作者需要遵守组织保密原则，项南不能说出具体的家庭情况，也情有可原，这才算通过审查。

但审查过去几天后，项南觉得不能把自己不能确定的情况上报组织，又找到组织坦白情况。

时任中共皖江区党委书记的曾希圣知道这些后，对这个诚实的年轻人很欣赏，为他解释：

兵荒马乱的年月，很多人全家失散，说不清家人的情况也很正常，让他在斗争中用战果来证明自己吧。

项南因此才最终摆脱了审查困境。

1952年，曾希圣出任安徽省委第一书记。

随后，青年团安徽省委也宣告成立，能力出众的项南出任团省委书记。

在了解了梁明德同志的事迹后，项南非常佩服，查阅大量花名册，从中找出姓梁的人十多个，但仔细筛查后，发现都不符合。

曾希圣询问案件进度，项南就把调查的情况如实上报，并给出自己的猜测：

梁明德和家人失散时，正是白色恐怖时期，我方人员被迫害的很多，很可能梁明德已经牺牲。

仔细翻看调查材料后，曾希圣也认为有这个可能，两人结合这个案子，谈论了一些当年那个最黑暗时期的事情。

曾希圣发现项南对那一时期的事情知道很多。他之前只是看重项南突出的个人能力，明白他和家人失散后受到的影响，在跟项南交流时，都会刻意地回避家庭方面的话题。

看着眼前这个年轻人，曾希圣脑海里冒出一个大胆的猜测。

在之前的几轮调查中，大家从材料里已经知道梁明德的原名叫项与年，和项南一个姓，但并没有就二人的关系做进一步的调查。

在上海做地下工作期间，曾希圣一直是梁明德和组织间的联络人，两人很熟悉，关系非比寻常。

曾希圣于是和项南说，梁明德在抗战前，曾在上海大世界八仙桥一带住过。

项南听后，表示他在去南京求学前，也曾经在那个地方住过。

曾希圣问及详细地址，项南回答，是法租界维尔蒙路德润里二十四号。

听到这个地址，曾希圣又惊又喜：那就是他当年和梁明德进行秘密联络的地点。

这时他再看项南，发现项南虽然模样已经大变，但一些记忆里的轮廓还在。

曾希圣按捺不住激动心情，让项南仔细看看自己。

项南有些不明所以。

曾希圣稍微一想，顿时明白其中原因，他当即找来毛笔，给自己描画上一些胡子。

五

项南一番端详后，也激动得热泪盈眶，感慨不已地说："你是当年那个常到我家中来找父亲的大胡子叔叔。"

当年在上海做地下工作时，曾希圣留了一把大胡子，曾在工作间隙，带着年幼的项南到上海各处玩耍；不再做地下工作后，曾希圣剪掉了那一把标志性的大胡须，形象大变。

两人认出彼此后，曾希圣抱住项南，喜极而泣，没想到遍寻不着的梁明德长子，就是这个一直在自己身边的项南。

从1934年分别，到终于得知父亲的消息，父子俩已经失散近二十年。但由于工作关系，他们当时并未见面，直到1953年，项南到北京开会，才约父亲在颐和园见了一面。

项南对于家人的不告而别，一直不理解，尤其是对父亲，心里存在一些看法，却怎么也没想到，自己的父亲，竟为革命做出了如此巨大的贡献，也完全明白了父亲的苦衷。

接下来，为寻找梁明德的妻子王村玉，华东局组织了一个革命老区慰问团赴闽西等地慰问曾经支援革命的老区人民。

一直在闽西大山里流浪的王村玉得知消息后，前去打听丈夫和儿子的下落，但梁明德父子二人，为了革命，都已经改了名字，王村玉自然打听不到相关信息。

好在慰问团把寻亲者的详细信息一一登记，编制成册，回到上海后发到各机关，请他们帮助提供线索。

项南在名册上看到母亲的名字，立即派人前去寻找，终于把贫病交加的母亲从闽西大山中接了出来。

当年，项与年成功送达"铁桶计划"情报后，参加了长征，在长征途中，被党组织派往香港，开展秘密联络活动，后回上海继续从事情报工作。

在艰苦的秘密活动中，项与年曾因内奸告密被敌人逮捕入狱，但他在敌人威逼利诱下，立场坚定，英勇机智，表现出一个共产党员的忠贞品质，受到上海党组织给予的"反敌特斗争胜利"奖励。

延安时期，项与年经组织推荐进中央党校学习，历任中共三边地委、关中地委、绥德地委常委兼统战部部长，从事抗日民族统一战线工作。

抗日战争胜利后，项与年被组织派往东北，历任松江省延寿县县长，松江省建设厅厅长，辽宁省工业厅副厅长；旅大行署农林厅厅长，旅大市农林局局长；东北人民政府人民监察委员会高级专员；辽宁省监察厅副厅长，辽宁省第三届政协委员等职务。

"文化大革命"中，项与年遭受反革命集团的残酷迫害，肉体上受到严重摧残，以致丧失说话能力，只能以手势表达自己的意思。

1969年，项与年被送回老家福建连城。再次踏上阔别数十年的故土，他辞退县里护送人员，翻山越岭，步行回家。

在老家期间，项与年保持和发扬革命精神与党的光荣传统，穿着草鞋，上山砍柴，煮稀粥，吃地瓜，到处访贫问苦，慰问革命烈士家属、革命老干部。他还到中学给师生讲革命传统，勉励师生要学好本领，接好革命班，建设祖国，建设家乡。他把自己节约下来的数千元工资捐给人民公社发展水电事业。群众深为感动，盛赞项与年全心全意为人民的高尚品德。

1972年，辽宁省革命委员会经过反复审查，认定项与年是一位久经考验的老革命、老党员，彻底推翻"叛徒"的不实之名，恢复其党籍和名誉，补发工资。

1973年，项与年接到补发工资，立即汇款1500元给原工作单位，补交几年来因被开除党籍而无法按时上缴的党费。

项与年自己生活俭朴，却处处关心民生事业，关心群众疾苦，给干部群众留下了深刻印象，享有威望。

1978年，项与年在福建龙岩病逝。由于项与年长期在东北工作，为当地做出了巨大贡献，辽宁省委为项与年举行了隆重的追悼会，省委第一书记任仲夷等人都参加了追悼会，现场挂着"梁明德同志追悼会"的横幅。

但由于项与年生前对自己的历史功绩从不宣扬，连向自己的子女都很少谈及，项南和自己功勋卓著的父亲相认后，也并没有大肆张扬，而是继续低调为人、踏实工作，当时很多人并不知道梁明德就是项与年，也不知道项南与项与年的父子关系。

辽宁省委第一书记任仲夷等人看到项南也在追悼会现场，还感到诧异，询问起他和梁老的关系。当项南告知他们梁明德就是他的父亲时，在场的人都颇为意外，感到惊讶，也为父子二人如此低调肃然起敬。

像项与年这样靠着坚强信念参与红色事业的人，他们的家人，也时时刻刻处在危险之中，而且往往要承受普通家庭不敢想象的苦难，为此家破人亡、妻离子散的不在少数。

正是这些个人的牺牲、这些家庭的牺牲，像一根根柴薪投进凛冬和黑夜，燃起烈焰，消解严寒，点亮黎明。

参考资料：

1.许人俊：《项南之父项与年的传奇生涯》，载《炎黄春秋》1998年第3期。

2.许俊：《中共"特科"项与年的传奇生涯》，载《党史纵横》2007年第1期。

3.孟昭庚：《项南父子的革命经历及寻亲轶事》，载《文史春秋》2007年第11期。

4.王树恩：《幕后英雄项与年》，载《档案时空》2011年第5期。

5.王俊彦：《送绝密情报的奇人奇功——莫雄与项与年》，载《百年潮》2013年第7期。

百变谍王

黑箱活埋的忠魂

柒

　　总有一些舍生忘死的孤勇者，如一颗颗星辰般点亮天际，

　　使我们相信，如愿的盛世我们一定可以看到。

　　这些人，自己却从未有过一刻站在光明里的机会。

这个悲案发生在1948年12月。

当时距离南京解放不到五个月时间。

黎明前的黑暗即将过去，解放事业马上就要取得关键性的胜利。

但越是胜利的曙光临近的时候，危机也越是凶险。

中共中央社会部给南京地下组织发去密电，安排了一个刻不容缓的任务：从敌人手中救出一个叫王瑞昌的同志。

接到任务后，南京地下组织立即着手布置，筹划救人。

因为每一个地方被解放前，丧心病狂的反动派做困兽之斗时，往往格外凶残。他们会用常人难以想象的恶毒手段，对待那些不幸落入他们手中的同志。

救人的第一步，需要掌握一些被救之人的情况。

根据密电提示，南京的地下交通员找到当时在南京城内的任务接头人张育民。

张育民透露，王瑞昌同志当时被关押在南京宪兵司令部看守所的监狱。

一听是这个关押地点，地下交通员当即意识到，这个王瑞昌同志的身份肯定不简单。

因为这个监狱是南京城内反动派看守最严的地方。

在进一步了解王瑞昌的经历后，南京地下组织对这个要救的同志，又惊喜又尊敬。

王瑞昌是我党一名非常资深的高级特工，潜伏敌营二十多年。

他的身份非常多，是名副其实的"百变谍王"：

在革命早期，他在法场用潜藏的身份救过人；

在长征期间，他用情报为我军夺城开路；

在抗战期间，他在敌区开厂作为我方联络点；

在抗战胜利前，他一次性为我方获得日寇军火六十车；

在解放战争期间，他组建覆盖中统、军统的谍报系统，为我方提供大量至关重要的情报；

他还曾经是南京地下组织的领导者；

…………

知道要救的人竟是他，南京地下组织很是振奋，同时也更加慎重。他们做出了如下安排：

1.联络潜伏在南京宪兵司令部看守所的同志，密切关注监狱内近期的犯人情况。

2.安排社会上有一定影响力的统战人士发动舆论攻势，尽可能给敌人迫害我方人员增大阻力。

3.两手准备，同时制定从内到外的越狱计划和从外到内的救人计划。

但敌人看守极为严密。

我方费尽波折，让张育民成功进入监狱，但她没能见到王瑞昌同志，只带出一件他的大衣。

救援王瑞昌的各项行动一直持续到南京解放。

接管了国民党南京宪兵司令部看守所后，有关方面寻遍监狱各处，都没有找到王瑞昌同志。

对监狱之前的资料进行查阅，对人员进行审讯，也没有什么线索。

不过从这些调查中，得到一个重要发现——

那就是并没有王瑞昌同志被害的记录。

当时猜测，王瑞昌同志很可能被敌人转移到了他处。

直到全国解放，有关方面也没找到王瑞昌。

中央对此人极为重视，下令各方继续寻找，但始终没有结果。

直到1951年，上海公安局抓获了一个叫任宗炳的特务。

在审讯过程中，意外从他交代的一件事里，发现和神秘消失的王瑞昌同志有关联的信息。

上海方面将这一情况通知南京警方。面对这桩中央从新中国成立前就关注的悬案，南京警方高度重视，立即结合特务交代的信息着手调查。

根据特务交代，南京警方从城南雨花台宝林庵后山的一处低坡上，挖出深埋已久的三个黑箱子。

打开后，里面是三具被褴褛衣衫包裹的骸骨。

箱盖内侧，是触目惊心的数道深深的抓痕，在场的所有人，无不动容——三个人是被活埋的。

为确定骸骨身份，南京警方找到当年的接头人张育民。

张育民赶到现场，看到黑箱里的一件东西后，差点当场昏厥。

我们都知道，黎明前的黑暗过后，就会迎来光明，只是我们往往不能确定我们是否来得及看到。

但总有一些舍生忘死的孤勇者，如一颗颗星辰般点亮天际，使我们相信，如愿的盛世、美好的将来我们一定可以看到。

这些人，自己却从未有过一刻站在光明里的机会；这些人，每一个毫无疑问都是最耀眼的英雄。

王瑞昌同志是什么人，为什么中央如此重视？

张育民和他又是什么关系？

一

王瑞昌，本名卢志英，生于山东昌邑。

曾化名周志坤、周端生、卢涛、卢宗江、卢育生、周育生、周至堃等。

曾潜伏敌营数十年。

他的每一个化名背后，都是一段惊心动魄的传奇。

早年使用本名的卢志英，是一个热血青年。想要从军救国，考入绥宁镇守使署军官讲习所，毕业后分配到奉系东北军。

目睹军阀统治的黑暗和老百姓遭受的苦难，他失望茫然，于是脱离军队，南下闯荡，准备投身到势头正劲的大革命浪潮中。

经过河南郑州时，结识了时任国民会议促进会总会筹备委员会主席的王乐平。王乐平看中其才，将其介绍到洛阳陆军训练处任队长。

在这里，卢志英接触到马列主义，结识了共产党员刘仲华等人。

在同志们的影响下，卢志英深入了解共产主义思想，意识到只有共产党才能挽救中国。

1925年，中共北方区党委派遣刘仲华等人去新疆旧军队开展兵运工作，卢志英主动请缨，一同前往。

通过数次考验后，经刘仲华和姚继民两人介绍，卢志英于新疆加入中国共产党。

很快，北伐战争开始，在组织的安排下，卢志英化名周志坤，打入国民党骑兵第三师，任第八旅第十六团二营营长，后又任第二师参谋主任，秘密开展组织工作。

从那以后，卢志英这个本名，只有在对党以及他生命中至关重要的人，才会使用。

周志坤接到的第一个"不可能任务"，是劫法场。

1927年，"四一二"反革命政变发生，在白色恐怖的笼罩下，我方大量人员被捕被杀。

驻守在德安的骑兵八旅十六团，抓捕了十几个我方人员，押到刑场准备枪决。

就在要行刑的时候，周志坤（卢志英）以加强守卫的名义，率领二营人马赶到刑场。

原来他在每个岗哨上都加了双哨。

不料，布防妥当后，土匪出身的十六团团长汤司林，提枪上前。

他叫嚣着要见见血，亲自处决几个我方被捕的同志。

这时，周志坤灵机一动，上前一步，格外殷勤地附和。

就在我方被押到刑场大坑边的同志深感绝望、准备赴死时，听到几声枪响，再睁眼一看，惊讶地发现，周志坤竟然将汤司林枪杀。

刑场的其他敌人则全部都已经被二营的官兵下了枪。

成功控制刑场，漂亮地完成解救任务后，周志坤发起德安起义，让敌人接连遭受重创。

在这场解救任务中，周志坤表现出来的沉着冷静和勇敢果决，引起被解救的一个叫张育民的女同志的注意。

当时的周志坤正全力投入战斗，并没有察觉。

德安起义引来大量敌人，周志坤只能率领部分骑兵和步兵沿着黄河向南推进，遭到敌人前堵后追的袭击，弹尽粮绝。好不容易才杀出重围，但起义的人马损失过半，仅剩身负枪伤的周志坤和几个战士。

伤愈后的卢志英又化名周端生，到陕西蒲城，以保安总队长兼承审员的身份，继续在地方旧军中秘密开展军运工作，策划暴动。

但不幸，事泄被捕，周端生等五位共产党员被关押到蒲城驻军师部，并且很快就要被处决。

二

眼看五人就要身死敌手。

在蒲城县第一小学任教的一位女教师，是我方的地下工作者，她利用一学生家长在敌军师部做饭的特殊条件，一番设计后，取得牢房钥匙，冒着生命危险，趁夜只身前往师部牢房，将被关押的周端生等同志救出。

周端生对女教师过人的胆色、智慧非常欣赏和感激。

女教师却告诉他，自己正是其化名周志坤时，从敌人枪口下救下来的同志张育民。

有了这样相互救命的经历，两人对彼此的印象都非常深刻。

顺利逃出蒲城后，组织上决定派卢志英和项与年前往北平，引导平、津一带的学生运动。

1928年，卢志英化名卢涛写了一封感谢信，同信一起寄出五十元，约张育民到北平深造。

张育民经过一番考虑后，毅然离开泾阳官道村老家。

元宵节过后，张育民赶到北平，和卢涛相见，并进入北大医学院护士专修科。

卢涛一边从事地下工作，一边在北京大学等学校旁听，自学英语、法语、德语、日语。

两人之间的交往愈多，彼此的了解更深。

学生运动开展得如火如荼，反动派也注意到了卢涛，准备将他逮捕。

情况危急，为从校园逃出，两人假扮夫妻，才没有落入敌手。

到达安全地点后，卢涛向比他大好几岁的张育民表露心迹，并将本名卢志英告诉张育民。

同年8月，经组织批准，志同道合、患难与共的两人成婚。

这对假扮夫妻弄假成真做了真夫妻。

在举行简单婚礼的当天，作为两人直接上级的周恩来表示祝贺，并送上一对绣有鸳鸯戏水枕面的枕头。在枕头左下角绣有"伍（周恩来化名伍豪）、邓"二字。祝两人互敬互爱，相扶相依，白头偕老，革命到底。

婚后，组织安排卢涛夫妇到上海中共中央军事部做情报工作。

两人对外是衣着光鲜、财力丰厚的新贵小夫妻，想办法结交上警察局长后，获得大量违禁物品做地下生意。

　　卢涛心思缜密，处事灵活，很快就获利颇丰。两人并没有把这些到手的钱财用在个人生活上，而是全部用来购买紧缺的物资运往根据地。

　　夫妻两人虽在灯红酒绿的繁华大都市，但平时大多数时候却都以吃红薯之类的粗粮为生。

　　面对日趋严酷的国内斗争形势，应组织安排，卢志英化名卢宗江到南京出任地下组织书记，接替当时暴露的王世英。

　　张育民则回到北平，以医护人员的身份作为掩护，从事地下工作。

　　1932年冬，卢宗江因争取国民党中央委员王昆仑等关键人物暴露化用身份，被捕入狱。

　　因未暴露真实身份，后经党组织营救获释。

　　第二年3月，北平的地下组织遭到破坏，张育民因叛徒出卖被捕入狱。

　　虽然敌人严刑逼供，仍一无所获，在组织的营救下，张育民被释放。但她的家已经彻底被毁，所有财物被洗劫一空。

　　最让夫妻二人绝望的是，两人婚后生的第一个儿子卢森林，年龄尚不满一岁，从此下落不明。

　　遭受如此骨肉分离的惨痛，对常人而言是难以接受的，但身处那个时代的卢志英夫妇，却必须接受，并迅速调整悲痛，进入新的身份，开始新的工作。

当时中央苏区也遭逢多次"围剿"，情况岌岌可危。

很快，卢志英夫妇接到了一个新的任务。

三

面对敌人越来越强大的攻势，为争取情报上的主动，中央特科挑选精锐深潜到敌方各部，卢志英化名卢育生，与刘哑佛、项与年等十几人潜伏进江西德安第四区保安司令部。

保安司令莫雄是国民党元老，但和蒋介石存在很深芥蒂。

他知道我方意图后不仅不阻止，还愿意全力相助，安排刘哑佛、项与年任参谋，卢育生任上校主任参谋兼清乡委员长，对接二局的曾希圣和钱壮飞。

张育民也转移到南昌，开办诊所。

后来她参与营救方志敏，探监时偷偷带出方志敏的文稿，给后人留下了《可爱的中国》等资料。

1934年，蒋介石在庐山召开五省军政要员军事会议，会议的主题是部署对中央红军的第五次"围剿"。

这次的"围剿"和以往不同，在德国军事顾问的指导下，制定了详细的"铁桶围剿计划"，步步为营，要将苏区一网打尽。

参会的莫雄第一时间将计划材料送出，在卢育生、项与年等同志的安排下，及时送到苏区驻地。

这让红军最终得以突出重围，开始长征。

发现红军从层层包围下逃出后，蒋介石也知道"铁桶围剿计划"泄密，他一边愤怒地进行内部彻查，一边派遣人马对长征中的红军进行围追堵截。

莫雄也被调到贵州毕节，任云贵川三省边区行政督察专员兼保安司令，拦截红二、红六军团，还负责指挥中央军第六十三师。

卢育生随军前往，看到这种情况，非常担心。

行军在这一区域的红军，战损严重，人数只有六七千，还多是伤病员，可以说已经失去了战斗力，完全可能被全部消灭。

该怎么办？

卢育生一筹莫展，直到看到一个人，他顿时想到一个办法。

四

他看到的人是中央军六十三师师长陈光中。

卢育生和他接触后，发现这个人贪酒好色，于是决定对症下药。

开始，陈光中还心存戒备，但见到宴请他的是当时他名义上的上级莫雄，又念及莫雄是国民党元老，便放下心来，就把军务完全交由卢育生处理。

卢育生迅速通过地下情报组织通知红军伤病员马上转移，又虚构军情"业已肃清流窜之残匪"上报。

当时，国军正让红军主力部队折腾得晕头转向，四渡赤水的神仙操作更是让蒋介石都胆战心惊。

收到卢育生上报军情后，陈光中率六十三师调离毕节。

但当时的毕节城内，还有大量本地驻军，对红军是极大威胁。卢育生经过周密安排后，制订一个极为惊人的计划：

将毕节变成没有驻军的空城，让几乎没有战斗力的红军进城休整。

为完成这个计划，卢育生首先以即将开战为由，安排城内有卫队等战斗力的士绅避往山区，然后再以主动出击的名义，将城内的驻军调走。

城内再无任何具备战斗力的敌方势力后，他立即通知中共地下组织，开城迎接红军进城。

在这一番操作下，红军顺利进驻没有任何抵抗的毕节，得到半个多月的宝贵休整时间，补充大量兵员，战斗力得到了很大程度恢复。

收到红军占领毕节的战报后，蒋介石震怒，也顿时明白之前收到的军情有误。

于是以"通敌放共"罪名逮捕莫雄，用飞机把他押回南京囚禁。

卢育生等人也遭到追捕。

他带着第二个孩子以及其他同志从敌营逃出，但在追赶红军部队的途中，孩子不断啼哭，暴露行踪。

眼看就要被敌人追到，卢育生为避免同志们被敌人抓住，迫于无奈，为了革命事业，忍痛将孩子挂到一棵酸枣树上以吸引敌人注意力。

敌人顺着哭声追到，只见孩子，不见我方人员，怒而将孩子枪杀。

还在逃亡的卢育生远远听到枪声和戛然止住的孩子的哭声，知道孩子已遭不测，心如刀绞，妻子张育民更是痛苦不已。

卢育生强忍悲痛相劝："等革命胜利，天下的孩子都是我们的。"

赶上长征部队后，由于敌人进行的负面宣传，红军部队遭到当地居住的少数民族村民拦截，无法通过。

在得知对方头人患上恶疾后，精通医术的张育民提出为其治疗，对方将信将疑地答应。经检查发现，因为西南地区气候湿热，再加上瘴疠毒虫，头人生了毒疮，又由于长期没有有效治疗，目前患疮部位已经溃烂。

张育民于是为头人做植皮手术，剜掉烂疮溃肉，从自己身上割下一块完好的皮肤补上，成功治好头人。

头人大为感动，不仅同意让红军过境，还送给张育民一张红毯作为答谢。

1937年7月7日，抗日战争全面爆发。

面对新的复杂形势，组织迫切需要掌握最新的情报，于是派卢志英化名周育生，前往上海。一段红色商业大亨传奇由此展开。

五

周育生到达上海后，利用之前的经验，首先掌握日军驻吴淞海军司令保岛的个人情况。

他得知保岛喜欢中国传统文化，尤其是对我国的一些民间乐器非常热衷。

周育生于是潜心学习这些乐器，很快就熟练掌握。

周育生设局跟保岛相遇，先用流利的日语让对方生出好感，再以音乐和他相交，并经常相约一起弹奏。

一来二去，周育生被对方视为知音，取得保岛信任。

接着，周育生借助保岛的势力，在被日军划为禁区的提篮桥监狱斜对面开了一家沪丰面包厂。

面包厂表面上是为了解决国际难民的口粮问题，实际上厂里送面包的工人是我党地下交通员，专门收集虹口一带的军事情报。

依托面包厂，周育生又在"大世界"等闹市区开设"大中华咖啡馆""唐拾义药厂""金龙三轮车制造厂"，作为秘密联络站。

靠着这些联络点，周育生暗中建立地下武装，组织抗日游击队，建立情报系统，给根据地运送武器弹药、药品。

1939年5月，陈毅率新四军第一次踏上苏北，发现这一区域形势的复杂性，意识到必须建立一支党领导的、能迷惑敌人的地方武装，这支武装要以国共双方都能接受的"中间"状态出现。

陈毅经过一番调查后，发现周育生做地下工作所取得的成果非常突出且符合本次任务要求，于是安排他再化名周至堃前往海安曲塘。

同年10月10日，一支特殊的武装部队"鲁苏皖边区游击总指挥部直属纵队"、"鲁苏战区苏北游击指挥部第三纵队司令部"（简称"联抗"）在海安曲塘镇正式成立。周至堃担任副司令员兼参谋长。

"联抗"与陈毅、粟裕多次配合打败日伪军。就在新四军抗日战况不断向好时，震惊中外的皖南事变发生，我方军事实力遭受重创。

正为我军遭遇感到痛惜的周至堃突然接到命令，让他去盐城见一个人。

周至堃奉命前往，要见的人竟然是时任新四军政委的刘少奇。周至堃激动振奋，以为接下来自己要执行重要的军事任务。

没想到刘少奇告诉他，现在新四军处境困难，缺粮缺医，情报来源也在缩小，组织上准备让有丰富卧底经验、跟日方又有一定关系的周至堃重回上海，继续从事地下工作。

卢志英于是恢复化名周育生，再次回到上海。

为了让自己的经历合理，周育生对外宣称"在外做生意失败，不得不回上海重操旧业"，继续经营面包厂。

保岛听闻知音老友归来，也格外关心，几次交谈后，周育生表现出对做生意盈亏不定的担心，想要找一个稳定的营生。

在给保岛送上一笔丰厚的钱财后，周育生被保岛安排进海军情报部工作，进入日伪特务机关。周育生各方周旋，逐渐打进核心部门。

有了这个身份的加持，再加上面包厂运送货物的便利性，周育生源源不断地送出新四军急需的粮食、医药、武器弹药等物资，还有非常关键的各种情报。

浴火重生的新四军，得以逐渐恢复和发展长江中下游地区的抗日武装力量，扩建了华中抗日根据地。

就在一切向好时，一次运输任务却被叛徒出卖，直接上报到日方海军情报部，周育生的身份马上就要暴露。

六

这次的运输任务是为延安运送三台军用发报机，报备给日伪方的材料上写的是运送药品。

知道叛徒出卖的情况后，周育生准备好枪械，为接下来的战斗做准备。他已经抱定牺牲的决心。

没想到一路都顺利过关，之后他还收到保岛让他离开上海的讯息。

1945年抗战胜利，日本投降。

周育生以军人身份回到上海受降，但日方接到的命令是只能向重庆方面缴械。

正在两难之际，保岛给老朋友周育生一个重要提示——日方的军械会装上六十辆车进行运送，还把运送的具体路线透露给周育生。

根据这个提示，新四军埋伏在日方运送军械的必经之路上，一枪不放，缴获六十车军火。

在这一时期，化名周育生的卢志英，是通过专线直接与粟裕联系。抗战胜利后，粟裕随新四军北撤，周育生接到密令，改为和华中分局情报部联系。

因为卢志英的革命经历，都是以各种化名执行，因此了解他的人并不多。

抗战后的短暂和平时期，周育生的地下工作也没有任何松懈。

反动派"接收"上海后，为清除"日奸"，成立了"肃委会"，特务头子郑少石任上海国民党"肃委会"副主任。

因郑少石与周育生在江西时有旧交，平时又多得周育生贿赂，周育生便请郑少石帮他谋个差事。

在郑少石的竭力保举下，周育生担任中统上海沪东区副主任。他当即紧锣密鼓地在各处安插内线，沪东敌特中统情报机关及警察局里，从科长、行动组长、机要员到秘书，都是我方的人。

内战全面爆发后，华中分局情报部也北撤山东，周育生只能与情报部设在江苏海边的海防委员会取得联系。

几经辗转，他之前的经历更加不为人知。

在极其艰难危险的处境中，卢志英化名王瑞昌，仍以坚强党性在京沪杭等地积极开展工作，建立三十多个地下情报小组。

他充分利用自己中统上海沪东区副主任的身份，有意将中统的秘密泄露给军统。

戴笠知道后，私下与王瑞昌拉上了关系，这样，王瑞昌又当上了军统的情报员。

脚踏中统、军统"两只船"的王瑞昌不断地从敌人两个系统中探取情报，以至于整个沪东敌特系统基本掌握在我方控制中。

这样有利的局面，让我方在解放战争中很长一段时间都拥有情报工作上的完全优势。

由此，王瑞昌获取国民党兵力部署、调动等大量情报，及时送往苏皖解放区。

对于王瑞昌这个百变谍王，反动派早已恨之入骨，但又遍寻不得，根据各种线索进行调查，每次信息都被不同的人泄露，这让反动派苦恼又无奈。

考虑到王瑞昌长期在敌占区工作，斗争环境日益复杂，中共代表团驻沪办事处撤离时，周恩来特别指示王瑞昌也一同转移。

但未等接替他的同志到达，不幸便发生了。

七

1943年3月，染上酗酒、嫖娼恶习的王瑞昌助手张莲舫，向中统特务机关告密。

他首先出卖的就是我党京沪杭沿线地下情报组织的领导人王瑞昌。

反动派万万没想到，他们要抓的人，竟然是中统和军统都颇为看重的精英。

中统方面于是秘密布置，在八仙桥上海青年会附近秘密逮捕王瑞昌，关入上海亚尔培路二号。

抓获王瑞昌后，中统一方面许以高官厚禄诱惑，想让他说出我方所有的地下组织联络点。诱降失败后，又以酷刑相加。

电椅、火烧、灌辣椒水、坐老虎凳，甚至气刑——用打气筒往肛门里打气，直到他的肚子胀鼓欲裂……各种手段都用上后，王瑞昌并没有屈服。

敌人又恶毒地将王瑞昌的妻子张育民和儿子也抓捕入狱，跟他关押在一起，企图用骨肉亲情来软化他，他依然不为所动。

王瑞昌对张育民说："敌人企图用夫妻、父子之情软化我，但他们不懂，人类还有一种更崇高的感情，那就是共产主义理想，为了这个理想，虽粉身碎骨，也义无反顾。"

张育民见他刑伤严重，伤心流泪，王瑞昌告诫她："不要在敌人面前流泪，他们总有灭亡的一天。"

1947年10月，王瑞昌被人从上海押解至南京，关在宪兵司令部。

在狱中，他通过儿子从看守处偷来的报纸，知道全国解放已经胜利在望，他不希望儿子将来靠父亲的功绩与荣誉生活，就戴着手铐坚持教儿子学习文化。

有一次，儿子做错数学题，他郑重地教导儿子："要好好学习，因为将来的世界是你们的，不学好本领可不行。"

牢狱里的课堂，让他的儿子刻骨铭心。后来，他的儿子成为新中国核工业战线上的一位专家，他把这段经历写成了《和爸爸一起坐牢的日子》一书。

1948年，在组织营救下，张育民和儿子获释。组织接下来安排对王瑞昌进行营救，但却没能再见到他，后来想方设法让张育民去探望，都没有见到，只带出一件大衣。

仔细检查大衣，发现领子里密缝着几页揉皱的纸，上面写满了革命诗篇，在纸的反面，还用铅笔写着"胜利在望，死而无怨"八个大字。

几个月后，南京解放，全国解放。

因为并没有王瑞昌的确切死讯，张育民、卢大容，以及南京的地下工作者，心中都有一丝侥幸：王瑞昌同志并没有牺牲，而是被转移至他处。

直到1951年，上海市公安局在严打国民党特务运动中，抓获一名叫任宗炳的中统特务。

在审讯中，任宗炳只交代了一些旁枝末节的东西，公安同志于是有意透露抓捕到的另一个特务的名字夏麟昆。

这正是他的一个同伙，任宗炳顿时被吓住，以为夏麟昆已经交代，于是坦白交代当年他们曾经在南京残害三个我方同志的事情。

上海公安敏锐地察觉出，这可能和神秘消失的王瑞昌同志有关，随即将这一情况通知南京警方。面对这桩中央从新中国成立前就关注的悬案，南京警方高度重视，立即结合特务交代的情况着手调查。

根据特务交代，南京警方从城南雨花台宝林庵后山的一处低坡上，挖出深埋已久的三个黑箱子，打开后，里面是三具被褴褛衣衫包裹的骸骨，箱盖内侧，是触目惊心的数道深深的抓痕。通过分析发现，箱子里的人，在被埋入时，还都是活着的。

为确定骸骨身份，警方将张育民同志请到现场。见到其中一具尸骸上熟悉的服饰，确定那就是化名王瑞昌的卢志英同志，张育民差点当场昏厥。

后经过遗骨上的牙齿、残留的服饰等特征，相关人员辨认出这三位被活埋的英烈身份：百变谍王卢志英和《文萃》周刊编辑陈子涛、骆何民。

根据线索，还找到当年关押在卢志英隔壁的进步学生孙稚如。

预感自己将死，卢志英给孙稚如留下几句临别赠言：

今晚突然下我镣铐，看来凶多吉少。

好在快胜利了，死了也心甘！

黎明前不是总有一段黑暗吗？黑暗过去，天就亮了。

关于王瑞昌同志的悬案告破，结果却是如此残酷。

大家将烈士遗骸取出，重新清理后，再用白布裹成人形，穿上解放装，重新入殓，后迁至雨花台烈士陵园。

华东军政委员会陈毅、粟裕、刘晓等专门研究，追认卢志英为革命烈士。中央人民政府颁发了第六十号烈士证书。

1951年秋，反革命分子任宗炳被枪决。

1953年4月，出卖卢志英的叛徒张莲舫也终于落网，并于同年伏法。

庄严朴素的卢志英烈士墓，静卧在雨花台旁。松柏青翠，飒飒涛声，陪伴着一位没能看到祖国黎明的孤勇者的英魂。

他的死，可比泰山之重。

他曾用多个化名做出了极其杰出的贡献，他是名副其实的百变谍王。

因为有多个化名，他的真实姓名尚没有太多人知晓，但无论用哪一个化名，他为革命事业所做出的贡献，都是如此沉甸甸，桩桩件件的功绩论起来，都必永垂不朽。

据与他一起工作过的李进（夏阳）同志在《他只留下四首诗》一文中回忆："周至堃也调走了，以后根本没有听到过他的什么消息了。直到全国胜利后我到了南京，参观雨花台的烈士纪念馆，我忽然发现陈列着一位烈士卢志英的遗像和资料，这就是周至堃同志。"

卢志英这个百变谍王的真实身份，只在面对党以及他生命中至关重要的人和事时，才会使用。他的真名最后刻在了烈士纪念碑上。

在二十余年的革命生涯中，他曾获得无数重大情报，三次被敌人逮捕入狱，两次在革命队伍内受委屈，却一贯勇敢、坚定、机智、沉着，出色地完成党交给他的各项任务，直至献出宝贵生命。

他就是长期从事地下革命活动、一生为中国革命做出特殊贡献的第六十号烈士证书的主人。

参考资料：

1.一凡：《卢志英等三烈士遗骸寻访记》，载《南京史志》1997年第5期。

2.孙永兴：《特科英雄卢志英》，载《春秋》2003年第5期。

3.辛欣：《谍海传奇英雄卢志英》，载《文史春秋》2006年第2期。

4.张海鹏：《卢志英的红色谍报传奇》，载《湖北档案》2012年第12期。

5.墨非：《红色特工的传奇人生》，载《党史纵横》2013年第7期。

无间潜伏

被粪叉插"死"的大汉奸

捌

地下工作是极其残酷的，每一个愿意投身地下工作的英雄，

在做出这个抉择时，就在心里为自己竖立了一座烈士碑。

很多人，在牺牲后，背负的是恶名和辱骂，

而这座烈士碑，只能永远地竖立在他们自己的心中。

1943年4月，在山东泰安地区发生了一起惊世大案，赫赫有名的大汉奸林洪洲，被人用粪叉插成重伤，很可能就此毙命。

　　消息传出后，山东地区的百姓纷纷拍手称快，日伪军则紧急安排抢救，并着手调查，誓要抓住真凶。

　　这个重要情报，第一时间送到我党在鲁中军区负责敌后特工工作的头号人物王芳手上。这一时期，王芳带领一批精兵强将专门隐藏在敌占区搜集情报，宣传抗战，为八路军的军事行动提供了大量的决策性情报。

　　随着情报同时送来的，还有一份作战计划和一份嘉奖申请。

　　作战计划是八路军的敌后工作者们制定的，准备趁敌方抢救大汉奸林洪洲时，在运送的过程中开展破坏斗争，一是借机打击敌人，二是阻碍对林洪洲的抢救。

　　嘉奖申请，是申请对用粪叉插伤林洪洲的农民王老倔进行嘉奖并提供后续保护。

　　收到情报和相关材料后，对于取得如此重大的战果，王芳不仅没有表现出高兴，反而大惊失色。

　　经过一番深思熟虑后，王芳批准了嘉奖申请，安排人员将王老倔带到绝对安全的地方安顿，进行嘉奖，然后通过各种渠道，对他这一记粪叉插杀汉奸的壮举进行大力宣传。

这些宣传让日伪方在舆论上深受重创，很大程度上鼓舞了群众和汉奸做斗争的斗志，一时之间，整个山东地区的汉奸们，都人人自危。

王芳慎之又慎地批准了作战计划，选出一批最为可靠的人员去执行。在这些人出发前，王芳亲自叮嘱，作战计划执行过程中，可以打击敌人，但绝对不能阻碍敌人对林洪洲的救助，在必要的时候，甚至要不露痕迹地提供帮助，不惜一切代价，让林洪洲得救。

执行作战计划的同志们对此都感到不解：让大汉奸得救？

这个林洪洲到底是什么人？

为什么王芳会安排这样蹊跷的作战方式？

一

事实上，林洪洲这个臭名远扬的大汉奸，是我方成功派遣潜伏进敌营的一个重要间谍。

1941年，抗战进入最困难的时期。

日军实行"治安强化运动"，对根据地进行疯狂"扫荡"和蚕食。

为打破敌人的封锁，粉碎敌人的进攻，八路军鲁中军区司令员罗舜初等研究决定，抽调一批得力干部组成特工队，深入敌占区，担任我军的"耳目"，以配合我军的作战行动。

这一特殊的任务交给王芳来具体组织实施。

接到任务后，王芳想到的第一个人就是颇具特工天赋的下属郭善堂。

郭善堂，1919年生于山东莱芜，因在家中排行老四，小名唤作"四喜子"。

抗日战争全面爆发后，在县立师范读书的郭善堂怀着一腔爱国主义热情，毅然弃笔从戎，参加徂徕山地区的八路军游击队。

郭善堂工作积极、踏实肯干，表现非常突出，不久便通过组织考验，加入中国共产党。

1939年，郭善堂调任部队的募集队队长，主要任务是动员根据地的老百姓为八路军捐款捐粮，支援抗日。

随着斗争形势的发展，为减少群众负担，募集队的工作范围逐步扩展至敌占区，这导致工作的开展变得异常艰险，完全就是火中取栗，随时随地可能落入敌手，遭遇不测。

在一次赴敌占区开展工作时，郭善堂不幸被日寇抓住。被关押期间，他利用自己是本地人的优势，用地道的方言和看守的伪军套近乎拉上关系，找机会换上伪军服装后，假扮汉奸，光天化日之下，大摇大摆地从日寇囚牢逃出。

回到根据地后，郭善堂向王芳汇报了整个被抓和逃出的过程，王芳对于郭善堂的胆大心细印象深刻。

王芳随即找来郭善堂，向他说明组织的任务，决定抽调他加入特工队，也和他说了这样深入虎穴的危险性。郭善堂一听是组织任务，没有丝毫犹豫，二话不说表示愿意接受，但他也提出了自己的担心：他不怕牺牲，可自己要变成"汉奸""特务"，以后怎么向家人和同志们解释呢？

王芳郑重地告诉他："从事隐蔽斗争，不仅要经得起艰苦和危险，更要受得了委屈。组织会妥善安排你的家人，你的真实身份只有军区司令员、政委、政治部主任、组织部部长和我五个人掌握，只要我们有一个人活着，就会为你做证。"

就这样，郭善堂服从组织安排，接下这个艰巨的任务，牢记王芳的嘱托，告别了家人，前往日军占领的泰安城。

1941年的泰安，雪后冷寒，二十来岁的郭善堂，此刻内心是非常痛苦的。

从这一刻开始，他的生活，就要彻底融入敌对的阵营中去。成为一个臭名远扬的大汉奸，就是郭善堂接下来工作的首要目标。

前路是前所未有的漆黑，如同一个深不见底的地狱，而他必须将一颗火热滚烫的红心深藏，然后彻底地沉沦下去。

以前再艰再难的任务，郭善堂都没有害怕和畏惧过，但进入泰安城的一刻，他忍不住找了一个偏僻的墙角，掩面痛哭：暂别了，我的同志们。等着我，我一定会回来，带一身清白和忠诚。

情绪完全平复后，郭善堂进城，向站在城门口的伪军递上他的良民证，上面写着组织给他的新名字：林洪洲。

二

进城后，林洪洲暂时以擦皮鞋为生，慢慢洗掉过往，蛰伏着，等待时机。

一段时间后，林洪洲摸清了泰安城中日寇和伪军的特务组织关系，找到一个最合适的切入点，打入敌人内部。

1938年，山东全境被日寇侵占，日本退伍军人曹浅石随军进入山东，在泰安县城内开办了一家叫"浅石洋行"的商行做生意。

表面上浅石洋行专门经营回收废旧金属的买卖，实际上是一个日寇特务的秘密联络点。

为维持商行正常的商业活动，也为物色可以发展为汉奸的人，商行长期对外公开招募中国人。

林洪洲于是不显山不露水地到商行应聘。曹浅石看这个中国小伙外表憨厚老实，又带着良民证，就将他招为商行伙计。

商行给林洪洲安排的主要工作是走街串巷收购废旧铁丝铜线。林洪洲工作上手很快，因为非常勤奋有头脑，每次都能满载而归。

曹浅石暗中观察林洪洲，发现他每到一个地方，都会想方设法弄到当地的报纸，进行仔细阅读。曹浅石觉得好奇，就找他来询问，才知道林洪洲每次都能够很好地完成工作的原因：他通过阅读报纸，从中找出有用讯息，然后从这些讯息入手找到商机，目的明确地去进行收购，所以往往能取得事半功倍的效果。

林洪洲所表现出来的能力，让曹浅石非常赏识。

曹浅石于是反复确认林洪洲的身份，又对他进行了几次测试。发现林洪洲确实可用后，曹浅石将他引荐给当时驻军山东的日寇少将参谋长、掌管山东日寇特务机关的山田。

山田进一步对林洪洲进行考查，确认林洪洲完全没有问题，也具备成为日寇特务的能力，就将他安排进日寇特务机关，进行专门的训练，让林洪洲成了一名日寇特务。

林洪洲为获得日军的信任，不但屡屡为日军提供大量情报，甚至还搭建起一整套完善的日军特务体系。

这让日寇大喜过望。唯一有些遗憾的是，林洪洲获得的情报，虽然都是真的，也确实非常重要，但要么时间非常紧，已经来不及安排应对；要么情报就是日寇刻意做的局，不能破坏。

虽然日寇不能依靠这些情报取得什么实质性的战果，但能够获得这么多能够证实的情报，也侧面证明了林洪洲强大的获取情报能力。

日伪方因此对林洪洲非常看重，山田十分信任地将林洪洲提拔为日军特务机关的高级人员。为让林洪洲能够更好地执行任务，还给他很多特权，如：到各地办事时，当地的各方面日伪军都要予以配合，林洪洲所携带的物品不允许轻易检查。

三

山东地区，帮会组织很多，成员五花八门，覆盖三教九流，汇聚了各行各业的人。日寇想要完全占据山东，将侵略进行得更加深入彻底，就得掌控这些当地的帮会组织。不过这些帮会组织始终对日寇非常仇视，让日寇根本没有任何办法渗入。

林洪洲成为日军的重要人员后，不但成功加入了当地最大的帮会组织，还和这个帮会组织的大头领张润生一见如故、惺惺相惜，一来二去，林洪洲甚至还被张润生收为亲传弟子，一举成为这个帮会组织里举足轻重的人物。

以此为开端，林洪洲跟其他帮会组织也建立关系，和各色人等打成一片，在黑恶势力中颇具威望。

当时在济南地区，日寇有四个恶名昭彰的特务机构：洺源公馆、梅花公馆、鲁仁公馆、南新公馆，都将林洪洲列为座上宾，想要招揽他。

见林洪洲被日寇特务机构如此重视，其他的日伪方也纷纷对林洪洲刮目相看。济南日本宪兵队的山本队长，为拉拢林洪洲，专门送给他一支性能优异的手枪和一本证书，证书上郑重其事地写明林洪洲的身份：大日本军特高人员林洪洲，持手枪××号。特此证明。

拥有这样的身份后，林洪洲把普通的日军军官都不放在眼里，冒犯顶撞都是常事；对伪军上下，更是任意调遣，随便打骂。

日寇侵占山东后，时常进行一些扫荡破坏，林洪洲都表现得非常积极，自告奋勇地带队作恶。

在日寇、日伪方的眼中，林洪洲对大日本帝国很"忠诚"，能力也很出众，是非常值得信赖的人。

在济南、泰安、莱芜和沂蒙一带的老百姓看来，则截然不同。一提及林洪洲，都是切齿痛恨，对于这个"头顶生疮、脚底流脓"、坏得彻头彻尾的大汉奸，个个恨不得除之而后快。

这些情况反馈到鲁中军区敌工科科长王芳处后，王芳表面上也对这个大汉奸痛骂不止，暗地里却赞叹不已："林洪洲"这个浓眉大眼的同志还真是个人才，特工工作搞得如此出色。

成功立住脚后，林洪洲第一时间联系组织，取得组织批准，着手在泰安城建立我方地下交通站。

为不暴露身份，林洪洲代号"四喜丸子"，负责"四喜丸子"地下交通站的全部工作。

经王芳同意后，侯希机、李庆亭、韩日生等一直与党有密切联系的爱国青年都被发展进地下交通站，组成了一个坚强有力的情报小组。

"四喜丸子"地下交通站，主要的工作是锄奸、拯救同志、破坏敌人的计划和传递消息。

四

原中共泰安县委干部刘根明，革命意志不坚定，到达根据地后不久，就因为生活作风问题受到上级领导的批评，他不但不听，还变本加厉，过度追求物质享受。

一段时间后，刘根明实在受不了根据地的艰苦生活，竟然主动找到驻泰安日本宪兵队队长宾川叛投敌方。

刘根明在叛投之后，向日寇泄露我方大量泰安地区的机密情报，让我方的抗日力量遭受巨创，导致我方的很多重要同志被日本特务逮捕，惨遭杀害。

对于这种无耻的民族败类，鲁中军区下达命令，让"四喜丸子"地下交通站，务必寻找机会予以清除。

林洪洲接到命令以后，相当吃惊，因为这个叛变的刘根明在根据地曾经见过当时还叫"郭善堂"的他，要是遇到此人，存在身份暴露的可能。情况变得非常危急。

一天下午，林洪洲同日本驻济南特务机关洙源公馆的特务高桥一道外出，果然偶遇刘根明。刘根明之前虽见过郭善堂，但不熟悉，仅有模糊印象。

不知道林洪洲地下工作者身份的刘根明，还以为林洪洲和他一样，是叛变后当了汉奸。

林洪洲顺势和他交谈，刘根明在知道林洪洲现在是日军看重的当红人物后，更是非常羡慕，不断讨好献媚，想让林洪洲点拨提携他。

林洪洲决定趁机将刘根明稳住。叛变后的刘根明，贪图享乐，急需钱财，近期还准备娶一个漂亮的女人为妻，手头非常紧张，所以正配合洙源公馆的日军特务异想天开地准备抓捕王芳换取赏金。

林洪洲结合这些情况，经过几天的谋划，制定了一个十分详细周全的锄奸计划。

五

首先，林洪洲有意无意地在多个场合提醒宾川："一些共产党假装投靠我们，实际上他们是过来潜伏的，目的就是为了刺探我们的行动情报，你一定要多加注意。"

这句话虽然没有什么实质上的作用，但说的次数多了，宾川就形成心理暗示，对于那些投降的中国人就格外关注。

然后，借助一次刘根明宴请自己的机会，林洪洲告诉他一条汉奸们心照不宣的捞钱惯例：刘根明可以借着成亲的名目，给泰安城内各个商家派送喜帖，喜帖上先填好数目，署上宾川的名。

这样城内的各个商家，忌于宾川的淫威，肯定都会如数送钱来道贺。收到钱后，刘根明可以暗自留下一部分，再送一部分给宾川，既肥了自己的腰包，又讨好了日军，一举两得。

刘根明听后大喜过望，对林洪洲教他这个敛财法感激不已，随即着手照办。

接下来，林洪洲又让情报小组擅长模仿笔迹的人员，仿写一封刘根明的信，信上的主要内容是近期会想办法弄一笔钱送往根据地。

"刘根明的信"经过一番操作，落到宾川手上，宾川就此对泰安城内和经济相关的事情格外关心。

这时，泰安城中，维持商会会长杨之辉带着一包大红喜帖和很多商人的"请愿信"赶到宾川处求情，希望宾川能够少收一些喜钱。

宾川不明所以，杨之辉于是将刘根明借着成亲向商户们收钱的事汇报给他。宾川心中起疑，但没有当场发作，而是让杨之辉劝说那些商户如数交钱。

泰安城的商户们，只能咬牙切齿地交钱。刘根明收到钱后，看着敛财法奏效，非常高兴，对林洪洲千恩万谢，自己留下大部分钱财后，将剩下的送去孝敬宾川。

汉奸们以这种巧立名目的方式勒索钱财，鱼肉百姓，事后还分日寇一杯羹，通常情况下，日寇是非常高兴的。

宾川收到钱后，和之前杨之辉上报的数目一对，发现缺少了很多，心里前后联系一想，顿时认为刘根明很可能是想通过这种方式敛财后送往根据地，于是当场勃然大怒，质问刘根明是不是假投降。

刘根明被吓得半死，赶紧连连表忠心，在宾川的逼问下，不得已把自己留下的那些钱财也都交了出去。

宾川暂时还不准备杀掉刘根明，因为刘根明这样高级别的叛徒很难找，一番警示后，放走了刘根明。

刘根明离开后，却越想越后怕，就写下一封悔过信，希望能再回根据地。

林洪洲及时把这一情报传递给宾川，宾川当即带人赶往刘根明接头的地点，将刘根明连信带人一起拿下。

日军把刘根明的悔过信和宾川之前收到的信一对比，笔迹完全相同。

这下彻底坐实刘根明"假装投降，实为卧底"的事，怒不可遏的宾川当场将刘根明枪杀。

组织上收到刘根明毙命的消息后，秘密嘉奖"四喜丸子"地下交通站，并特别嘱咐负责人"四喜丸子"一定要保证自己的安全。

这次锄奸行动非常成功，因为枪杀刘根明后，宾川上报了林洪洲提供"情报"的功绩，日军也对他进行了嘉奖和提拔。

六

锄奸惩叛的同时，林洪洲还积极地运用身份优势，搭救我方落入敌手的同志。

八路军冀鲁豫军区高级干部武思平，在赴济南执行秘密任务时不幸被日军逮捕。

在日特机关涞源公馆里，他受到严刑拷打。因为长时间被倒悬着，脑袋肿得像个大冬瓜。残暴的敌人还戴着皮手套将玻璃碴搓到他两腿的伤口里，疼得他死去活来。

但武思平意志坚定，始终坚持说自己是普通的采购员，来济南是为采购文化用品。

得知这一情况后，林洪洲当即安排"四喜丸子"地下交通站着手营救。

第一步，他找到之前拜的师父、帮会组织的大头领张润生出面调和。张润生很喜欢这个亲传弟子，就答应下来，前往日本宪兵队，说武思平是帮会组织的人，只是一时不守帮规，才帮八路军做事，希望能够带回去依照帮规处置。

日寇这时需要拉拢帮会组织势力，就不再对武思平严刑拷打。

第二步，林洪洲顺势提出，可以让人押着武思平外出，指认泰安城内的同伙，戴罪立功。

泰安城内一些社会底层的工作比如拉车、送粪等，都掌握在帮会组织手里。

在武思平被押送外出指认同伙的时候，林洪洲故意指挥拉车送粪的人们争执打斗，趁乱将武思平藏到一架粪车中，助他逃出城，顺利回到根据地。

在铲除叛徒和拯救我方同志两项工作都做得极其出色的同时，"四喜丸子"地下交通站，还有勇有谋地破坏敌人各种恶毒计划。

我方在山东地区的经济工作做得非常成功，北海银行所发行的北海币，成为在山东乃至全国很多地区都最为坚挺的货币。

日军特务机关蓄谋破坏，秘密印制了一大批高仿真的假北海币，准备投放到根据地，搞乱我方经济。如果日军阴谋得逞，根据地的经济和民生将遭受不可估量的损失。

获知这一情报后，林洪洲主动向日寇建议：可以安排根据地边缘地区的商贩们收购物资时将这批假币陆续花掉，这样不易被八路军觉察。同时还给日寇划出一些建议区域。

日寇大为满意，当即进行安排。

在林洪洲的暗中安排下，我方的多名人员装扮成商贩，成功混进日寇队伍，第一时间将运送假北海币的路线精准地反馈给根据地。

王芳收到情报后，着手进行周密部署，将这一批运送假北海币的敌人全部抓获，并将缴获的假币重新打成纸浆为我方所用。

偷鸡不成蚀把米，没破坏成我方经济，反而给我们提供了大量原料纸浆。日寇遭此失败，非常恼火，林洪洲又站出来，说愿意想方设法将被捕人员救回。经过一番设计，我方假扮商贩的人员和一起被捕的其他人都被"救"回泰安。

根据地还特意让我方假扮商贩的人员带回一些"军事情报"，"偷走"一些八路军的废弃武器。

日寇转怒为喜，更加认可林洪洲的能力。

就在林洪洲越来越被日寇倚重时，一个始料不及的危机却悄然来袭。

七

山东中部地区新泰、蒙阴等地的煤矿，是日寇的重要补给点。

八路军游击队一直积极活动，予以破坏，对日寇造成严重威胁。

日军严令泰安城内的各个特务机构，必须尽快查清八路军指挥机关泰宁军分区的确切位置、兵力分布、活动规律、领导人员名单。

林洪洲将这一情况上报，王芳敏锐地抓住机会，通过"四喜丸子"地下交通站和其他渠道，将一些假情报传递给日寇。

日寇当即依据这些情报，开始进行扫荡，从大汶口和新泰两个方向向"泰宁军分区驻地"李家楼子扑来，结果落入八路军的天罗地网中，千余名日伪军被分割包围，死伤数百人。等他们好不容易攻占李家楼子，却发现里面什么也没有，日寇狂怒，放火烧楼后撤退。

付出这样大的代价，却一无所获，日寇将怒火发泄到汉奸、伪军们的头上，要追究提供假情报的责任。

汉奸、伪军们早就嫉妒日寇器重林洪洲，就都将责任推到林洪洲身上，还提供了一个非常离谱的证据：林洪洲平时不像其他汉奸那样吃喝嫖赌，德行很好，这完全就是八路的做派。

这个证据虽然离谱，但多疑的日寇一想又十分有道理，随即将林洪洲逮捕入狱，对林洪洲一番严刑拷打，连夜审讯。林洪洲不承认"私通八路"，坚持大喊冤枉的同时，还骂日寇"小肚鸡肠，忘恩负义，忠奸不分"，更对其他汉奸的诬告行为斥骂不止。

日寇一直没有证据，自知理亏，对林洪洲素来器重的曹浅石、山田等日寇高层人员，闻讯后也是不断抗议。

不久，林洪洲被无罪释放，宪兵队和汉奸特务们还专门设宴致歉，但林洪洲知道，日寇并没有消除对他的怀疑。

林洪洲并不在意个人的生死，但一想到之后再不能获得日寇重要情报，他就焦虑不已。

不知道林洪洲真实身份的抗日武装，还不断布置锄奸队，对林洪洲进行暗杀，这让他更加痛苦。

当时的林洪洲心中五味杂陈，不知道该如何是好。

接下来，果然如他所料，自己再不能参与日寇的重要行动，日寇只让他参与一些"偷袭""小扫荡"之类的任务。

被日寇冷落、被所有人不理解的林洪洲，在执行一次任务后，单独坐在路边暗中伤神。

这一幕恰好被躲在暗处的农民王老倔看到。

为民除害的好机会就摆在眼前，王老倔当即悄悄地摸上去，用手边干活的粪叉，瞄准林洪洲的脑袋，狠狠插上去。

林洪洲顿时血流如注，倒地不起。

王老倔兴奋异常，赶紧逃走，并将"插死大汉奸林洪洲"的消息到处传扬。

日寇发现重伤的林洪洲，赶紧抬回去抢救。

一桩惊世大案，就这样毫无征兆地发生。消息不胫而走，老百姓闻之，纷纷拍手称快。

王芳收到报告后，则是担心至极，但为了不让日寇起疑心，他一方面安排嘉奖王老倔并大肆宣传，另一方面，安排人员趁乱攻击日寇抢救人员，侧面则不动声色地对林洪洲进行施救。

最终林洪洲转危为安活下来。王芳的一番安排，让日寇意识到林洪洲是真汉奸，不但彻底消除了对他的怀疑，还比之前更加信任他了。

林洪洲也因此又能获得一些重要情报，帮助大量我方人员从敌方牢狱之中逃脱。那些逃脱的人，无不感激"四喜丸子"地下交通站的站长"四喜丸子"，同时又都深恨大汉奸林洪洲。

他们却都不知道，让他们感激和深恨的，是同一个人。

林洪洲格外注意隐藏身份，手段非常高明，所有工作都做到滴水不漏，严丝合缝，以至于连"四喜丸子"地下交通站的人都没有察觉。这是非常厉害的真本事。

八

1945年8月15日，日本投降。

圆满完成任务的"四喜丸子"林洪洲，按组织命令"潜回"鲁中军区机关莱芜驻地，见到鲁中军区敌工部部长王芳和军区首长。

念及林洪洲劳苦功高，王芳特批他回家探亲。

激动不已的林洪洲回到莱芜老家，还没走进家门，就被一些群众认出是大汉奸林洪洲。郭家的人知道这一情况后，羞愧难当，父母妻儿都当场表示和他断绝关系。

村里专门召开群众大会，对林洪洲进行批判、毒打，最后一致要求枪毙他。

林洪洲百口莫辩，只能说有重要情报要交代，群众这才将奄奄一息的林洪洲五花大绑送到区政府。区政府的人当时也想枪毙他，碍于重要情报，才通过组织联系上鲁中军区。

王芳一听这个情况，赶紧派人火速赶到区政府进行说明。

所有人这才知道，恶名昭彰的大汉奸林洪洲，竟然是我方杰出的特工人员。

误会解除，鼻青脸肿的林洪洲见到家人，但家人还是不想理他，父亲更是老泪纵横地埋怨他："四喜子，好好的人你不当，你要改名林洪洲，当叛徒、汉奸、大特务，让我们在乡里村中抬不起头来，你这不是给咱老祖宗丢人吗？"

林洪洲不知道该说什么，只能告慰父亲："党知道我的一切，儿子问心无愧。"

身在敌营多年的林洪洲，时时刻刻面临死亡的威胁，顶着常人难以想象的压力，出色地完成无数艰巨任务，这其中要忍受的憋屈和屈辱，是比死还要痛苦无数倍的。

古语常讲："大丈夫行不改名坐不改姓。"说的就是为人坦荡，光明磊落，就会行走坦然，坐立安稳，不用改名换姓躲躲藏藏。

郭善堂，为了抗战事业，不惜改名林洪洲，潜伏敌营，成为人人痛恨的大汉奸，以至于被人民群众用粪叉刺杀。

他的特工工作，无疑是做得极其成功的，但给他自己的人生所带来的伤害，是任何东西都难以弥补的。

虽然之后组织上多次为他证明，但还是有很多不明就里的群众仇视他。

王芳为此专门把林洪洲找过去，郑重对林洪洲说："如今，林洪洲和你的本名郭善堂，都已经成了汉奸的代名词，影响太大。为了日后的工作和生活，你还是改个名字吧。

我给你想了一个，你的新名就叫'罗国范'吧，'爱国模范'，你看可好？"

林洪洲感动得含泪答应。

他想起当年进入泰安城时递出的那本写着"林洪洲"三个字的良民证，但一切已成为过去。

从这一刻开始，世上再无大汉奸林洪洲，只有隐秘战线上的传奇功勋人物罗国范。

后来罗国范和当年差点插死他的农民王老倔相见，提及当年的事，罗国范说他并不怪王老倔，还要感谢他，要是没有王老倔用粪叉刺杀他，日本鬼子也不会再相信他，那样，后来的很多重要情报工作就没法做了。

唯一有一点，罗国范向王老倔表达不满："像林洪洲那样罪大恶极的大汉奸，应该多补几下的，直接插死。"

因为像林洪洲这样的大汉奸，要不是我们的地下工作者，对整个国家、整个民族的危害是很大的。

在那个事关国家存亡、民族存亡的黑暗时刻，肯定有许许多多人，不顾个人安危荣辱，为迎来光明奋斗着，付出着。

他们挨过了无数难以想象的苦难，没有倒在敌人的枪口和酷刑下，最后却牺牲在一把粪叉、一发冷枪、一个陷阱这样毫不起眼的小事件中。

他们牺牲的方式谈不上壮烈，他们的事迹却非常伟大。

这些人和他们的事迹永远地沉进历史长河的底部，因为这样那样的原因，再无人知晓。

他们变成了大好河山的一部分。

日月星辰之下，山河林海之中，遍埋无名忠骨。

高山青郁为丰碑，大河蜿蜒为墓铭。

他们静静地守护着这个他们付出鲜血、生命才换来的光明世界，庇护着和平安定生活在这一片土地上的你和我。

地下工作是极其残酷的，每一个愿意投身地下工作的英雄，在做出这个抉择时，就在心里为自己竖立了一座烈士碑。

很多人，在牺牲后，背负的是恶名和辱骂，而这座烈士碑，只能永远地竖立在他们自己的心中。

在接下来的解放战争和新中国建立后的各个阶段，罗国范继续在隐秘战线兢兢业业地工作，奋斗一生，先后两次荣立一等功。

老人家在2021年10月7日18点40分寿终正寝，享年一百零二岁。

新中国成立后，曾担任公安部部长的王芳在回忆录中记载："20世纪40年代初，山东有个远近闻名的'日本大特务'名叫林洪洲……这个'日本大特务'却是我党忠实的情报人员，由我精心策划、亲自指挥、秘密派遣，打入日本驻山东部队最高领导机关，成功地收集了大量日军政治和军事重要情报，为我八路军山东部队顺利开展抗日斗争发挥了重要作用。他的真名叫郭善堂，现名罗国范。"

参考资料：

1.王玉和：《一个"日本特务"的传奇人生》，载《山东档案》2011年第5期。

2.黄磊：《智斗日伪的无名英雄郭善堂》，载《炎黄春秋》2017年第12期。

3.徐玉凤：《王芳在山东抗日根据地的情报、策反工作》，载《百年潮》2020年第9期。